Kitap, aşkın ve aklın özüdür.

minval yayınları
Yayın no: 7 / Edebiyat - 6

Avrupa Asya Arası Yolculuklar
Ester Almelek

Yayın yönetmeni: Nesibe Başol
Editör: Necati Balbay
Son okuma: Egecan Ay
Sayfa tasarım: Ender Güler
Kapak tasarım: Okan Koç

Yayıncı Sertifika No: 23213
ISBN: 978-605-87309-8-4

Baskı ve Cilt
1. Baskı: İstanbul, Ekim 2012
Lord Matbaası
Davutpaşa Cad. Davutpaşa Emintaş San. Sit. No: 103/430
Tel: (0212) 674 93 54 Topkapı - İstanbul
Matbaa Sertifika No: 22858

minval yayınları
Binbirdirek Mh. Dostlukyurdu Sk.
Nu: 4/1 Fatih-İstanbul
Telefon: (212) 638 0090
Belgegeçer: (212) 518 7986
www.minvalyayinlari.com

Avrupa Asya Arası Yolculuklar

Ester Almelek

roman

minval
yayınları

Ester Almelek

İstanbul'da doğdu. Notre Dame de Sion Lisesi'nden mezun olduktan sonra Fransız Filolojisi'nde okudu. Halen, 1988'de kurulan Almelek Sanat Galerisi'nin yöneticisidir. Sanat dergilerine yazılar yazmıştır. Yazarın daha önce yayımlanmış; *Bu Şehri Seviyorum, Venedik'te Sanatın Gölgesinde Aşk* ve *Sihirli Üçgen* adlı eserleri vardır. Evli ve iki çocuk annesidir.

AVRUPA - ASYA
Arası
Bir Gemi Yolculuğu

Bugün sabahtan beri hava çok pusluydu. Gerçi Kasım ayı için bu hava normal sayılabilirdi. Ben aslında kış aylarını seven bir insanım, yağmur, kar, tipi beni durduramaz. İyi giyindikten sonra, soğuk havada deniz kenarında yürümek, denizin ve bulutların büründüğü değişik renkleri izlemek beni her zaman heyecanlandırmıştır.

Sabahtan beri, ofiste arkadaşlarla birçok konuda toplantılar yaptık, kafam sersem gibi olmuştu. Allahtan artık herkes sigarasını dışarıda içiyordu. Eskiden olsa, sigara dumanından boğulurduk, bizler sigara kullanmayan birkaç kişi, hava almak için terasa çıkardık. Şimdi artık donma sırası onlardaydı. İkinci kattaki kahve makinesinden kahvesini alan dışarda boğaza nazır manzarada sigarasını tüttürüyordu.

Altı yıldır müdür yardımcısı olarak çalıştığım bu Amerikan Şirketinde, yaptığım işlerden oldukça hoşnuttum. Gerek müşteri profili, gerekse çalışma arkadaşlarımla uyumlu bir iş hayatım var. Bu iş hayatımdaki hoşnutluk, tabi ki özel hayatımdaki eksikleri tamamlayamıyordu.

Aynaya baktığım zaman, ben kendimi acımasızca eleştiriyordum:

– Jülide kızım, sen kendini ne zannediyorsun? Öyle fazla güzel değilsin. Evet, gözlerinin rengi enteresan, yosun yeşili, heyecanlandıkça ve öfkelenince koyu bir renk alıyor. İnce yapılısın. İyi bir işin var. Özel hayatında eksiklerin mi var? Aslında güzel giden bir ilişkin var. Herkes gibi sende mutlu olmak istiyorsun. Ama bunu başarmak için bir çaban var mı?

İyi bir eğitim almıştım. Amerikan Kolejini bitirdikten sonra, Boğaziçi Halkla İlişkiler bölümününden mezun olmuştum. Master için de babam beni New York'ta, Columbia Üniversitesine yollamayı kabul etmişti. Biraz zorluk çıkarmıştı ama sonunda ısrarlarıma dayanamayarak, annemle beraber kendi elleriyle beni üniversiteye ve kaldığım yurta yerleştirmişti. Anlayacağınız babam çok düşkündü küçük kızına. Amerika'da iki yıl bir İrlanda asıllı, Amerikalı Robert ile evli kaldıktan sonra, çeşitli sebeplerden dolayı anlaşamayıp, boşanmış ve yurda kesin dönüş yapmıştım.

Bugün ofisin atmosferi beni sıkmıştı epeyce. Yanımdaki odada çalışan Sibel ve Haluk'a seslenerek:

– Benim uğrayacak birkaç yerim var, biraz erken çıkıyorum deyip paltomu alıp çıktım.

İstanbul'un üstüne kara bulutlar çökmüş, zaten bu mevsimde erken kararan hava daha da bir grileşmişti. Paltomun yakasını kaldırıp Bebek meydanını geçtim. Yerler hafif ıslaktı. Aceleyle çıkmıştım, şemsiyemi de almamıştım.

Hafta sonu yaklaşıyor nasıl olsa kuaföre gideceğim diye düşündüm. Hızlı hızlı yürüyordum. Bebek parkını, görkemli, yeni boyanmış Mısır Konsolosluğunu geçtim. Bu havada bile Arnavutköy'de, Akıntı Burnu'nda balık tutanlar vardı. Hava henüz tam kararmamıştı.

Eskiden İstanbul Boğazında, gümüş balıklarının sürüyle geçtiği zamanlarda kıyıdan kepçeyle balık yakalanırken, şimdi bayraklarla donatılmış teknelerle, kepçeyle çöp toplanıyor. Denizdeki çöplere rağmen insanlar ümitle olta sallamaya devam ediyorlar.

Camlı arabasında simit, üçgen peynir satan kasketli adamın etrafını çocuklar ve balıkçılar sarmıştı. Başka biri elindeki termosla balıkçıların etrafında dolanıp:

– Akşam çayı, yok mu isteyen, akşam çayı diye bağırıyordu.

Arnavutköy vapur iskelesine yakın, etrafıma şöyle bir bakındım. Aslında ofisten erken çıkmıştım ama aklımda gideceğim yer hakkında hiçbir fikrim yoktu. Bir alışveriş merkezine mi yoksa bir sinemaya mı giderim diye hiç düşünmemiştim. Kendimi dışarıya atmıştım ama bu gece ne yaparım, nereye giderim diye bir plan yapmamıştım. Aslında sadece çok bunalmıştım, biraz hava almak istemiştim.

Birkaç dakika sonra nasıl oldu bilmiyorum, kendimi Arnavutköy İskelesine yanaşan vapurun içinde buldum. Bunlara vapur da denilemez, iki kıyı arasında gidip gelen büyük boy motorlardır. Yazın yukarı kısmında açıkta oturmak bir hayli zevklidir. Bugün soğuk olduğu için kapalı yerine geçtim ve boş koltukların birine oturdum. Aslında sık yaptığım bir şeydir bu. İstanbul'u denizden izlemek her zaman için çok hoşuma giden bir şey olmuştur. Gündüz ortası iki jeton alıp bu vapurlara bindiğim çok olmuştur. Bu motorlar iki kıyı arasında mekik dokurlar, Bebek, Kandilli, Anadolu Hisarı, Kanlıca, Emirgan ve İstinye iskelelerine uğrayıp tekrar aynı yoldan başlangıç noktasına dönerler. Bazı seferlerde Çengelköy'e de uğrar. Gündüz vakti çok kalabalık olmaz ama bu saatte bayağı doluydu. Akşamüstü saatlerinde hiç binmemiştim.

Etrafıma bakındım, öğrenciler ve gündeliğe giden kadınlar çoğunluktaydı. Saatime baktım, doğru saat 5'e geliyordu ve eve dönüş başlamıştı. Neredeyse boş koltuk kalmamıştı. Tabi ki dört tarafı denizle çevrili bir şehir olan İstanbul'da deniz yolu muhakkak kullanılması gerekiyor.

Güzel İstanbul'umuzun bu ana arteri, değişik açılardan bakınca gözlerimizi yanıltabiliyor. Kapalı bir göl gibi gözükebilir, bazen de hangi kıyı Asya kıtasında hangisi Avrupa yakasındadır diye tereddütlere düşürebilir.

Vapurun içi iyi ısıtılmıştı. Dışarıda da hatırı sayılır bir ayaz vardı. Üstümdeki paltoyu çıkartıp yanımdaki koltuğa koydum. Tam saatinde kalkan vapur Akıntı Burnu'nu açıktan alarak Bebek'e doğru ilerliyordu. Kıyıdaki sokak lambaları yanmaya başlamıştı. Sokaktaki yol boyu sıralanan çeşitli reklam bilbordları lambaların ışığı altında pırıl pırıl parlıyorlardı. Bebek Camii'nin ışıkları karşıdan seçilmeye başlanmıştı. Nedense Bebek Camii bana ölüm olgusunu ilk kavradığım zamanı anımsatırdı.

Ben çocukluğumda, dokuz on yaşlarıma kadar Etiler'de oturmuştum.

Annemle sık sık, Camii'nin karşısında bulunan Bebek kahvesine gelirdik. Annemin arkadaşı Sevinç Teyze ve kızı Suna ile orada buluşurduk. İki anne sabah kahvelerini yudumlarken biz de Suna ile parkta oynardık. Bir gün oraya vardığımızda, Camii'nin hem avlusunda hem dışarıda müthiş bir kalabalık vardı. Bir cenaze kalkıyordu o gün. Gözü yaşlı insanlar, tabuta sarılan eller, çocuk ruhumu çok etkilemişti.

Yıllar sonra ben de birçok cenaze törenine katıldım orada; Abidin Dino, Nuri İyem gibi alkışlarla son yolculuklarına uğurlanan ünlüler ve daha birçok aile dostunun cenazeleri hep bu Cami'den kaldırıldılar.

Bebek'ten sonra vapur burnunu geri çevirip, manevra yapıp, geriye tam karşı kıyıya doğru yol almaya başladı. Böyle tam yol giderken birden yavaşladığını hatta durakladığını hissettik. Muhakkak Boğaziçi'nden geçen devasa tankerlerden biridir diye düşündüm. Mecburen kaptanlar bu gemilere yol veriyorlar. Kaptan sallamadan, tankerin yarattığı dalgalardan etkilenmeden bizi karşıya geçirdi. Bu tankerler ve yolcu gemileri epey kazalara sebep olmuşlardı şimdiye kadar. Yalı sakinlerinin, yatak odalarında gece yarısı, burunlarının dibinde bir tankerin korkutucu siluetiyle uyanmaları işten bile değildi. Hele kılavuz tekneler kullanmamakta ısrar eden yabancı şilepler için çok olası bir şeydi bu durum.

Güzel ve rahat bir çocukluğum olmuştu. Tek çocuk olduğum için annem ve babam üstüme çok düşmüşlerdi. Buna anneanneler ve babaanneler de eklenince, bayağı şımartılmıştım. Ama annemin dediğine göre bu kadar ilgiye rağmen, fazla da şımarmamıştım. Sakin ve saygılı bir çocuktum. Babaannemler o zamanlar Kanlıca'da otururlardı. Ben de onlarda kalmayı çok severdim. Güzel bir bahçe içinde eski ahşap bir evleri vardı. O bahçede çok hatıralarım vardır.

Gemi Kandilli iskelesine yanaşıyordu. Yolcuların bazıları iniyorlardı, yerlerine başkaları biniyordu. Küçüksu'nun yanı başındaki Kandili'nin adına ilişkin iki rivayet vardır. Kimi kaynağa göre padişah burada bir saray yaptırmış ve çevresini kandillerle donatmıştır, kimine göre de, padişahın gözüne girmek isteyen bir rahip, sarayın bahçesini her gece kandillerle aydınlatmıştır. Kandillide çok güzel yalılar vardır. Hele bir yalı var ki, oranın bende ayrı bir yeri vardır.

Kolej'den mezun olmuştuk o sene. Sınıf arkadaşımız Şebnem'in ailesi Kandillide bir yalıda oturuyorlardı. Arkadaşlar:

– Şebnem annenlerden izin al da, mezuniyet partimizi sizin yalıda yapalım diye tutturdular. Kız da:

– Tamam, onlardan izin alacağım diye söz verdi.

İzin çıkınca hepimiz yardım için seferber olup, hazırlıkların bir ucundan tuttuk. Bahçe çok büyük değildi ama geniş balkonla birleşince bayağı 50- 60 kişiyi ağırlayacak kadar büyümüştü. Haziran başıydı, bahçeye barbekü yapıldı, içkiler içildi, danslar edildi.

En mühimi o gece hayatımın ilk aşkı Murat'ı tanıdım. O güne kadar onunla hiçbir arkadaş toplantısında karşılaşmamıştık, çünkü Ankara'dan yeni gelmişti İstanbul'a. İstanbul Üniversitesi Hukuk fakültesine yatay geçiş yapmıştı. O gece hep benimle dans etmişti, benim de gözüm ondan başkasını görmüyordu. O gece giydiğim elbiseyi bile hatırlıyorum, o yılın modası olan etekleri kabarık, ince askılı mini leylak renkli bir elbise giyiyordum. Kumral saçlarımı da açık bırakıp, aynı renk bir toka ile arkada tutturmuştum. Gecenin geç saatlerine kadar dans etmiştik. Sonra beni taksi ile Kanlıca'ya babaannemin evine bırakmıştı.

Bu vapurların ve Kanlıca İskelesinin yanındaki "İsmail Ağa" kahvesinin iskemlelerinin ve masalarının dili olsa da o yaz biz Murat'la diz dize, göz göze oturduğumuz, fısıldaştığımız zamanları anlatsa! Bu kahveye sık sık giderdik. Bazen hiç konuşmadan oturur hülyalara dalardık, bazen de olur olmaz şeylere deli gibi gülerdik. Babacan, tonton bir garsonu vardı oranın; Ali Rıza Efendi:

– 1870'lerden beri sizin kadar neşeli âşıklar gelmedi bu kahveye derdi bizim tost ve çaylarımızı getirirken. Tabi bol pudra şekerli Kanlıca yoğurdunu da yemeden kalkmazdık masadan.

Boğazın serin esen rüzgârına karşı, büyük bir zevkle içtiğiniz çayın ve yediğiniz yoğurdun tadına vardığınız bu güzel mekân artık, İsmail Hakkı Efendinin, üçüncü kuşağı tarafından işletiliyor.

Bir rivayete göre, Kanlıca semti ismini, yıllar önce Kanlıca sırtlarında yetişen kırmızıya çalan bir tür otla beslenen ineklerden sağılan pembemsi renkteki sütün "kanglı" olarak anılması ve bu sözcüğün zamanla "Kanlıca" halini alması olarak açıklanıyor. Üstelik bu sütten yapılan "Kanlıca yoğurdu" nun renginin bir zamanlar pembeye çaldığı söyleniyor.

O yaz, sık sık babaannemleri ziyaret eder oldum. Murat da Anadolu Hisarında bir akrabasında kalıyordu. Karşı kıyıda görüşmek, gezmek daha kolay oluyordu. Babaannemler, babamdan daha hoşgörülü davranıyorlardı benim geç kalmalarıma.

Kanlıca semti bugün bile, sokaklarıyla, esnaf ve komşuluk ilişkileriyle eski İstanbul'un nostaljik atmosferini muhafaza etmiş semtlerinin başında gelir. Her sokağın kendine has bir dokusu, karakteri vardır Kanlıca'nın. Cumbalı ahşap evleri, Osmanlı döneminden kalan çeşmeleri, ayrı bir güzellik katar bu pitoresk semte. Önce büyükbabamı, iki yıl sonra da babaannemi kaybettik. Oturdukları evi de babamlar satılığa çıkardılar. Oturmayınca, ahşap binanın bakımı zor oluyordu.

Babaannemden hep eski günleri anlatmasını rica ederdim. O da büyük bir zevkle Boğaziçi'ndeki eski mehtap âlemlerini anlatırdı. Anlattıkları tıpatıp, Abdülhak Şinasi Hisar'ın *"Boğaziçi Mehtapları"* kitabında yazdıkları gibiydi. Şirket-i Hayriye'nin vapurlarının düzenledikleri mehtap âlemlerine ailecek katılmalarını, sahildeki halkın renkli fener ve meşalelerle büyük bir coşku ile bu vapurları beklediklerini öyle güzel ve samimi bir özlemle anlatırdı ki, bizlere onu dinleyen torunlarına "Ah keşke bizde o zamanlarda yaşasaydık" dedirtirdi. Babaannem bize Şirket-i Hayriye vapurlarının verdiği bir ilanı saklamıştı. İlan'da şöyle yazıyordu:

Tatlı bir ömür yaşa, gel de Boğaziçi'ne
Renk dolsun, şiir dolsun, hayat dolsun içine
Orada gündüzler aydın, orada geceler derin
Geçer bir masal gibi, rüya gibi günlerin.

Kuzenlerim Feriha ve Seda ile sıcacık döşenmiş salonunda, babaannemizin dizleri dibinde oturmuş onu dinlerken bin bir romantik düşe dalardık.

O yaz mehtaplı boğaz gezilerinden biz de bol bol nasibimizi aldık Muratla. Murat'ın okuldan arkadaşı Serhat'ın küçük bir teknesi vardı. Küçük fakat konforlu bir tekneydi. Arkadaşlarla gırgır şamata yapıp, turlardık güzel Boğaziçi'nin bütün iskelelerini. Poyrazköy'de denize girer, karaya çıkıp balık ekmek yerdik. Geceleri de dördümüz Serhat ve şimdi ismini anımsamadığım kız arkadaşı, Murat'la ben romantik takılıp, mehtabın ve birlikte olmanın keyfini çıkarırdık. Sevgilim ile göz göze, el ele, sıcak aşk sözcükleri kulağımda, rüzgârın hafif esintisini yüzümde hissettiğimde "ne kadar mutluyum" derdim kendi kendime. Eve döndüğümde, babaannem yüzümdeki ifadeden güzel vakit geçirdiğimi anlayıp bana şöyle bir bakış atardı.

O bakış 'Yaşlandım ama anlamıyorum zannetme biz de gençliğimizde geçtik oralardan dedenle' derdi. Eminim o anda o da Hayriye-i Şehriye vapurlarında rastladığı ve kaçamak bakışlarla süzdüğü yağız esmer delikanlı olan büyükbabamı düşünürdü o an.

Benim Murat'la romantik ve masum ilişkim sonbaharda son buldu. Murat babasının ani ölümü üzerine Ankara'ya ailesinin yanına dönmeye mecbur kaldı. Son bir kez yine İsmail Ağa kahvesinde buluştuk. Akşamdı, tek tük masalar doluydu. Loş ışıklar altında, aramıza ayrılığın hüznü çökmüştü. Değişen hava ile birlikte, deniz de çalkantılıydı. İkimiz de suskunduk, kahvenin ahşap duvarlarına çarpan azgın dalgaların sesi duyuluyordu yalnızca. El ele tutuşmuş, sadece gözlerimizle konuşuyorduk sanki. İlk defa sevdiğim birinden ayrılıyordum. İkimiz de tekrar görüşeceğimize inanmak istiyorduk.

Gençlik maceramız bir müddet telefon ve mektuplarla devam etti. Sonradan yollarımız tamamen ayrıldı.

Vapur şimdi, 19. yy'da Abdülmecid tarafından yaptırılan Küçük Su Kasrının önünden geçiyordu. Bir atasözüne göre, bir insan bir ev yaptırıyorsa, o ev bitmeden ölmezmiş. Onun için Osmanlı Padişahları hep saraylar yaptırdılar. Bu muhteşem yapı da Abdülmecid tarafından mimar Nigosos Balyan'a yaptırılmış. İçini de gezmiştim. Her odadaki değerli sanat eserleri, halıları mobilyalarıyla ve süslü kabartmalarıyla muhteşem bir sanat müzesidir. Şimdilerde, tarihi mekânda düğün isteyenler için kiraya veriyorlarmış.

Anadolu Hisarındaki, Hekimbaşı Salih Efendi yalısı da böyle organizasyonlar için kiralanabiliyor. Bu yalı asimetrik mimarisi ve kırmızı aşı boyasıyla görenlerin muhakkak beğenisini kazanır. Zaten Boğaz'ın kıyısında birer inci gibi dizilen birbirinden güzel yalılar, mimarileriyle olduğu kadar hikâyeleri ile de ilgi çekerler. Geçen yıl kuzenimin arkadaşı Feyza'nın düğünü orada olmuştu. O gece rüya gibi bir atmosfer vardı. Günlerce konuşuldu o düğün. Her şey bir masal gibiydi. En ufak detayı bile düşünülmüştü. Ben böyle şaşalı bir düğün ister miydim bilemiyorum. Ben bu tip olaylardan ve böyle abartılı olaylardan hep uzak kalmak istedim.

Bizim Robert'le yaptığımız düğün ve planladığımız balayı herhalde bu tip organizasyonları ne kadar az benimsediğimizin göstergesidir.

Bugün gibi hatırlıyorum, New York' taki oda arkadaşım Terry'nin yüzündeki şaşkınlığını.

Nepal dönüşü, Robert ile Kathmandu'da bir Ashram'da evlendiğimizi söylediğim zaman kız afallamıştı.

– Ne diyorsun sen, evlendiniz mi? Kızım sen beni hep şaşırtıyorsun. Herkesten bekleyebilirdim böyle bir şeyi ama senden asla. Nerede o Türk geleneklerine bağlı aile kızı, nerede o babaannenin anlattığı romantik ilişkiler, gelenekler, düğünler. Anne babana ne diyeceksin, nasıl anlatacaksın bütün bunları?

– Dur hele demiştim, hangi soruna cevap vereyim önce. Kafam karışık zaten, sen de beni zorlama. Her şey bir anda oldu. Annemlere telefonda değil de uzun uzun mektupta anlatacağım olanları. Zaten mezuniyetime gelecekler, Robert ile tanışırlar ve burada da sade bir nikâh yaparız.

Hâlâ verdiğim haberle kendine gelemeyen arkadaşım:

– Bir zahmet haber ver, her gün kızları evlenmiyor. Sen de bana her şeyi başından anlat bakalım. Meraktan çatlayacağım. Olacak iş değil, sen dünyanın öbür ucuna git, hiç bilmediğin, tanımadığın bir muhitte, sana tamamen yabancı bir ortamda evlen, başka bir dinin rahibine nikâhını kıydır. Gerçi Robert akıllı, ayakları yere basan bir insandır. Onu sen ikna etmişsindir. O da senin bir dediğini ikiletmediği için sana inanmıştır.

Arkadaşımın bu haline kahkahalarla gülmeye başlamıştım.

– Yok ya silah zoruyla kandırmadım onu. İkimiz de çok mutluyuz. Zaten birazdan kendisi de gelecek, o da sana anlatır olanları. Ama haberin olsun, oda arkadaşını kaybediyorsun. Haftaya sınavlardan sonra onun evine taşınıyorum.

Annemlere olanları izah etmek kolay olmadı elbet. Aramızda nesil farkı vardı ve benden katiyen öyle bir şey beklemiyorlardı. Yaz tatilinde Nepal'e gittiğimi ve uzunca bir müddet kaldığımı biliyorlardı. Robert'ten de bahsetmiştim mektuplarda ve telefon konuşmalarımızda. Ama onlara sormadan öyle acele evlenme kararı aldığımıza bozulmuşlardı. Neyse ki Robert'le tanışınca biraz sakinleştiler. Robert onlarda iyi bir tesir bırakmıştı. Bilhassa babamla uzun uzun sohbet edecek ortak ilgi alanları buldular. Robert'in annesi ve babası da Maine'den geldiler ve sade bir nikâh yaptık.

O gece nikâhtan sonra odamıza çekildiğimizde, Robert'le, New York'ta yaptığımız nikâh töreni ile Kathmandu'dakine karşılaştırıp, resimlere bakıp epey eğlendik. Orada öyle renkli bir kalabalığın içinde evlenmiştik ki. İnanılmaz ritüeller, değişik tınılar ve unutulmaz görüntüler... Aslında New York'taki gibi bir deftere imza atmamıştık ama, o göğe yükselen ilahiler eşliğinde, elimi sıkı sıkı tutan geleneksel elbiseler içinde Robert, ben de kırmızı bir sarı içinde kutsal mabette ilerlerken, kendimizi daha bir sahici, daha bir ulvi ışık'ın içinde hissetmiştim. Üç gün süren bir şölen olmuştu. Kına gecesini takip eden gecelerde de uzun saatler süren ritüeller vardı. Evlenen üç çifttik. Ellerimize geleneksel kınalar yapılmıştı. Hiç çıkmasın isterdim o kınalar. Kazanlarla yemek pişirilmişti. İçkiler su gibi akıyordu. Öylesine kaptırmıştık ki kendimizi, bu dansetmek ve şarkı söylemekten yorulmak bilmeyen canlı, sımsıcak, renkli kalabalığa, âdeta bir rüyada yaşar gibiydik. Sanki onlardan biri olmuştuk.

O seyahat, muhteşem düğünümüz dışında da inanılmaz izler bıraktı Robert'le benim üzerimizde. Kaldığımız Shanti Yoga ashramı Kathmandu'nun 10 km güneyindeydi. Pencerelerimizden görkemli Himalayaların tepeleri gözüküyordu. Ashramda katıldığımız yoga ve meditasyon kursları, Nepal'in tipik danslarını öğrendiğimiz gece toplantıları, dağlarda yaptığımız trekingler hangi birini söylesem? Hiç kendimi Allah'a bu kadar yakın hissetmemiştim, dağın zirvesine çıkıp şöyle kendini tutmadan, kendine hiç baskı uygulamadan bağırabilmek veya susabilmek ne müthiş birşeydi. Doğanın bu inanılmaz gücü karşısında, insan kendini o kadar küçücük görüyor ki kelimelerle anlatılamaz bir duygu seli yaşıyor. Bütün bu duyguları Robert ile yaşadık. Paylaştığımız o kadar özel anlardı ki! Yörede Himalayalar, insanın kendi gelişimini sağlamada büyük bir rol oynuyor. "Vipassana" meditasyon tekniği 2500 yıl evvel bulunmuş en iyi teknik. Vipasana Pali dilinde bir sözcük. Vipassana'nın manası " her şeyi, hakiki olduğu gibi görmek" tir. Herhangi bir şeyin iç yüzünü tam anlamıyla ve tüm berraklığıyla kavramak ve farkına varmak anlamına geliyor. Bu farkındalığın dört temel oluşumu var.

Bedenin, duyguların, zihnin ve zihnin oluşturduğu varlıkların farkındalıkları diye sıralanıyor.

Bu öyle bir olgudur ki insanın bütün negatifliğini,

bilgisizliğini, öfkesini yenmesini sağlayan bir yaşam biçimidir. Aksine, insanın bütün pozitif potansiyelini, yaratıcılığını, enerjisini çıkarmaya yardımcı olur. Bunun hiçbir dinle ve ırkla ilgisi yoktur. Kathmandu o kadar büyüleyici bir şehir ki! Kaç yüzyıllık tapınakları insanı bambaşka bir dünyaya götürüyor, görkem ve azametleriyle âdeta insanı eziyorlardı. Gezdiğimiz diğer Nepal şehirleri, Patan, Durbar bizi aynı şekilde etkilemişlerdi.

Tabi New York'a dönünce hayatımız normalleşti, rutin bir hayata döndü. Ama yine de Nepal'de yaşadığımız günleri canlı tutacak bir muhite girmeye özen gösterdik ikimizde. O işinden izin almıştı bu seyahat için. Dönünce işine canla başla sarıldı. Ben de sınavlarımı verdikten sonra iş aramaya başlamıştım. New York'ta yaptığımız sade bir nikâhtan sonra, sadece birkaç yakın dostumuzun katıldığı küçük bir yemekle pastamızı bir Türk lokantasında kestik. Sonra da müşterek hayatımız başladı. İlk başlarda her şey çok iyi gidiyordu. Sonra fikir ayrılıkları başladı. Arada babamı kaybettim, İstanbul'a geldim cenaze için. Sanki içimde bir şeyler kendini göstermeye başladı. Bir yere, bir kültüre ait olmak olgusu, sancısı gibi.

Dönüşümde, Amerika'daki hayatımda, Robert'le ilişkimde bir şeyler gözüme batmaya, rahatsızlık vermeye başlamıştı. Sonunda dostça ayrılmaya karar verdik ve işte tekrar Türkiye'de, unutamadığım İstanbul' umdayım. Gerçi ara sıra maceracı ruhum beni dürtüyor" Jülide, çok kaldın aynı yerde" diyor. "Ama artık olgunlaştım diyorum kendi kendime, bir karar almadan iki kere düşünmek gerekir."

Ben böyle eskilere dalmışken, birden çantamdaki cep telefonumun sesini duydum. Her zamanki gibi hemen bulamadım telefonu kocaman çantamda... Arayan Emir'di.

– Aşkım yine bulamadın mı telefonunu?
– Haklısın, biraz zor duydum.
– Tatlım unutmadın değil mi bu gece karşıya geçecektik. Serdar'ın sergisinin açılışı var. Neredesin gelip alayım seni. Ne o sesler geliyor arkadan. Ofisi aradım, çıktı dediler.
– Evet, sıkıldım biraz erken çıktım.
– Emir tamamen unuttum bu geceyi. Ben de zaten karşı kıyıdayım, yani vapurdayım.
– Ah tatlım yine vapura mı bindin? E ne yapacağız şimdi nerede buluşacağız?
– Tamam, sen arabayla köprüyü geç. Ben nasıl olsa karşıda bir yerde inerim sen de beni gelip alırsın iskeleden. Üstüm başım çok şık değil bugün, ama ne yapalım idare ederiz artık.
– Sevgilim sen her zaman şıksın. Her giydiğini yakıştırırsın.

– Kusuruma bakmadın değil mi? Bugünlerde çok unutkan oldum.

– Tamam, canım yeter ki beni unutma. Görüşürüz, öpüyorum.

Emir işte böyle tatlı bir insandı. Bütün kaprislerime sabır ve sevgi ile cevap veriyordu. Beraberliğimiz ikinci yılına giriyordu. Hayatın karşısındaki bazı korkularıma, sert çıkışlarıma karşı koymaya çalışıyor, beni hep motive etmeye çalışarak ilişkimizi sürdürmeye çalışıyordu. Amerika dönüşü epey bir bocalama devresi geçirmiştim. Sanki ben bu topraklarda doğmamışım, bu kültürü almamışım gibi kendimi yabancı hissetmiştim. Tabi yurt dışında kaldığım senelerde, eski arkadaşlarımın izini de kaybetmiştim. Allahtan iki kuzenim Feriha ile Seda vardı. Gerçi onlar da evlenmişler, çoluk çocuğa karışmışlardı. Ama onlarla hep iyi anlaşmışımdır. Bana tekrar İstanbul'da kendime yeni bir hayat kurmama çok yardımcı oldular. Bilhassa annemi kaybettikten sonra çok yalnız kalmıştım. Babamı ben Amerika'da yaşarken kaybetmiştim. Bir iki iş değiştirdikten sonra bu işimde çok mutluydum. Yine de bazen içimde sebepsiz bir yalnızlık hissi baskın çıkıyor, en güzel anlarımı mahvediyordu.

Zavallı Emir bu anlarda bana nasıl davranacağını kestiremiyordu. "Evlerimizi birleştirelim beraber yaşayalım, evlenelim " diye ısrar ediyordu.

– Jülide, başından bir evlilik geçti diye mi ikincisine karar veremiyorsun, diye soruyordu. Benim de başımdan bir evlilik geçti. Ama yine de evliliğin kutsallığına inanıyorum. Anlıyorum seni, her boşanma bir travmadır, ama insan neleri atlatıyor. Seninle çok iyi anlaşıyoruz, aynı şeyleri yapmaktan hoşlanıyoruz. Bize bunu yapma Jülide! Eminim bu kararsızlığın geçecek, kendini hazır hissedene kadar seni bekleyeceğim diyordu.

Emirgan iskelesi gözükmüştü uzaktan. Emirgan semtinin ayrı bir önemi vardır hayatımda. Emir'i burada tanımıştım. Nisan ayı, Laleler zamanıydı. Arkadaşlarla buluşup Emirgan Korusundaki Beyaz Köşk'te çay içmiştik. Ben onlardan daha evvel ayrılmıştım, dönüş yolunda, Emirgan'ın dar sokaklarının birinde park edip, köşedeki bakkaldan bir şeyler alacaktım. Park edecek yer ararken, tesadüf geri geri giderken, evinin önünde duran Emir'in arabasına dokundurdum. Ben telaş içinde binbir özür dileyerek arabadan indim. Emir gayet sakin:

– Merak edilecek bir şey yok, önemli değil diye beni teselliye kalktı. Çok kibar bir şekilde davrandı. Hiçte kadın şoförlere öngörülü yaklaşanlara benzemiyordu. Sonradan laf lafı açtı, müşterek tanıdıklarımız çıktı. Aramızda ilk andan beri bir sempati doğmuştu. Sonraki buluşmalarımızda, o ilk günkü halimi hatırlayıp dalga geçerdi benimle:

– O ilk gün öyle bir çekingenlikle baktın ki bana, anlaşılan arabama çarptın diye üstüne saldıracağımdan korktun,

beni yontulmamış bir maço zannettin herhalde.
– Hakikaten çok kibar davrandın bana.
– Biliyorsun değil mi, Emirgan semti ismini nereden aldığını?
– Yok, bilmiyorum, nereden almış?
– Fatih Sultan Mehmet zamanında, buraya Kırım beylerinin oğulları, yani emirler gelir, burada eğitim görürlermiş.
– Harika, ismine uygun bir yer seçmişsin oturmak için. Burada sadece kibar ve eğitimli insanlar oturur, saldırganlara yer yoktur demek istiyorsun.

Emir işi icabı çok seyahat ediyor. İyi bir mimardır. Sonradan gezdiğim evinin planlarını kendi tasarlayıp iç dekorasyonunu da kendi yapmıştı. Yavaş yavaş ismi de duyulmaya başlamıştı. Bodrum ve Antalya'da bir sürü sosyeteye villalar ve evler yapıyordu. Yurt dışında bazen kongrelere de katılıyordu. Ama bütün yoğunluğuna rağmen sık sık buluşmaya başlamıştık.

Sevgili olmadan evvel çok iyi iki arkadaş olmuştuk. Akşamları işten çıktıktan sonra, Emirgan'daki Çınaraltı kahvesinde buluşmak, günün dedikodularını yapmak ikimize de iyi geliyordu. Günün stresini atıyorduk. Bazen arkadaşlarla bir lokantaya yemeğe gidiyorduk. İkimiz de denizi seviyoruz. Onun küçük teknesi ile açılıp, teknede balık ekmek satanlardan birer sandviç alıp, güneşin batışını seyrediyorduk. Emir ilk defa beni teknede öptü. Büyük bir zevkle sandviçimizi dişliyorduk.

– Ağzının kenarında bir parça ekmek kaldı diyerek elini dudaklarıma götürdü. O anda gözlerimiz birbirine kitlendi. İçimizde patlamaya hazır duygular daha fazla bekleyemediler. Emir beni kendisine çekti ve ağzı ile dudaklarımı kapattı.

- Jülide beni çok etkiliyorsun diye fısıldıyordu kulağıma sıcak sesi ile.

O gece beni evime bıraktığında, sıkı sıkı birbirimize sarılırken artık aramızda her şeyin eskisi gibi olamayacağını biliyorduk.

- Jülide benimle misin? Diye sordu Emir.
- Seninleyim Emir, diye fısıldadım.

Emir'i kuzenlerimle de tanıştırmıştım. Onu çok beğeniyorlardı. Bir iki kere de hep beraber bir yerlere gittik. Ekim'de benim doğum günüm vardı. Emir bana çok güzel bir sürpriz parti hazırlamıştı.

– İşten çıkınca bana gel, sonra Boğaz'da bir lokantaya yer ayırttım gideriz demişti.

Onu almaya evine gittiğimde, bütün sevdiğimiz arkadaşları orada görmek beni fazlasıyla mutlu etmişti. O gece şampanyalar açıldı, danslar edildi. Emir'in organize ettiği her şey dört dörtlük olurdu her zaman. Divan lokantasından getirttiği catering de müthişti.

Geç vakit insanlar evlerine dağılınca o karmakarışık salonda Emir'le baş başa kaldık. Ben yerimden kalkıp:

– Biraz etrafı düzelteyim dedim.

– Sakın bir şeye elini sürme. Yarın Hafize Hanım gelecek, icabına bakar o. Sen gel biraz yanıma otur diyerek beni kendi yanına kanepeye çekti.

– Emir sana çok teşekkür ederim, yıllardır böyle güzel kutlamamıştım doğum günümü, diyerek başımı onun omzuna dayamıştım. O da çenemi iki eli tutarak, gözlerine bakmaya zorlamıştı beni.

– Seni seviyorum Jülide diye fısıldamıştı. Dudaklarımız tutkuyla birleşmişti.

– Ben de seni seviyorum.

– Son bir içki içelim sonra seni evine bırakırım diyerek ayağa kalktı Emir.

Yerimden kalkarak ona doğru yürüdüm, arkadan sarıldım ona, başımı sırtına dayayarak:

– Emir bu gece yanında kalmak istiyorum diye fısıldadım.

– Emin misin Jülide? Diye fısıldadı.

Hızla bana doğru döndü, buğulu gözlerinde öyle bir arzu vardı ki, içim ürperdi, başım döndü, o derin ve sıcak bakışlarının içinde kaybolmak istedim. Nemli dudaklarını yavaşça boynuma gömüp, heyecandan boğuklaşan bir sesle:

– Emin misin Jülide? Diye fısıldadı.

Onun dudaklarından gelen sıcaklık bütün bedenime yayılmıştı sanki. İçimden yükselen kıpırtılarla baş etmeye çalışarak ona sıkıca sarıldım, bir solukta cevap verdim:

Evet, çok eminim Emir.

Emir biraz hoyratça denecek bir hırsla dudaklarımdan öptü ve beni kucakladığı gibi üst kata, yatak odasına çıkardı. Yırtarcasına üstümüzdekileri çıkartıp, bir an evvel tenlerimizi buluşturduk.

Emir karşısındakini düşünen bir sevgiliydi. Dokunuşları hem yumuşak hem çok tutkuluydu. Onun yanında uyandığım o ilk sabah, onun huzur dolu yüzüne baktığımda, onun gibi birine rastladığım için ne kadar şanslı olduğumu düşünmeden edemedim. Israrlı bakışlarımı herhalde hissetmiş olacak ki, yavaşça gözlerini araladı, beni sevgiyle süzdükten sonra, kollarıyla sıkıca sararak rastgele yüzüme, göğsüme ateşli öpücükler kondurmaya başladı.

– Aşkım, beni öyle mutlu ettin ki. Seni çok seviyorum. Öyle uzun zamandır istiyordum ki seni. Ama senin bana gelmeni bekledim.

- Ben de çok mutluyum. Beklemeye değdi sevgilim.

Gün ışığında, sabahki sevişmemiz, bir gece evvelkinin devamı gibi oldu. Ürperişler, dokunuşlar, iç çekişlerimiz, tek vücut olmuş bedenlerimizde yankılanıp, ateşten küçük oklar saplıyorlardı sanki.

Ben böylece vapurda oturup, pencereden karanlık sulara bakarak bu anıları aklımdan geçirirken, birden silkinip etrafıma bakındım. Ta nerelere gitmiş düşüncelerim. Arada vapur tekrar Anadolu Yakasına geçmiş yine aynı iskelelere uğruyordu.

Çocukluğumdan beri böyle kısa vapur seyahatlerini hep sevdim. Lisedeyken ailemle birlikte iki yaz Büyükada'da ev kiralamıştık. Arkadaşlarla dershaneye oradan gidip geliyorduk şehre. O zamanlar bile, yalnız başıma oturup, denize, dalgalara, vapuru takip eden martılara, bazen çılgın bir coşku, bazen tarifsiz bir hüzün veren İstanbul'a dalıp hayal kurmaya bayılırdım.

Arkadaşlarım da bana takılırdı:

– Bizimki yine daldı. Gelin şunu bir dürtelim de bizim şamataya katılsın.

Kim bilir neredeydiler... Serap, Hakan, Gül. Hepimiz bir yerlere dağılmıştık, sınavlardan sonra. Her birimiz başka başka hayatlara yönelmiştik.

Etrafıma bakındım. Vapurda yolcular azalmıştı. Emir'le konuşmamıştım hangi iskelede ineyim diye. Turu tamamladıktan sonra vapur Çengelköy'e geçiyordu tekrar. Köprüye en yakın durak orasıydı. Herhalde beni oradan alırdı. Neyse köprüyü geçince tekrar arardı beni nasıl olsa. Vapur şimdi Kandilli iskelesine yakın Kont Ostrorog yalısının önünden geçiyordu. Yaklaşık 150 yılı aşkın bir geçmişi olan bu görkemli yalı, dış görünüşü kadar iç dekorasyonu ile de müthiş bir Osmanlı ahşap işçiliğinin örneklerini taşıyor. Bu muhteşem yalı birçok ünlü misafiri ağırlamıştır. Pierre Loti'nin ziyaretlerinden ötürü bir salonuna onun ismi verilmiştir. Fransa eski Cumhurbaşkanı Georges Pompidou, Danimarka Prensesi Margarite, Dürrüşehvar Sultan gibi ünlüler de gelen misafirler arasındadır. Bir tanıdığım vasıtasıyla, bir kez ziyaret etmiştim bu 15 odalı ahşap yalıyı. Burada bulunan Pekin işi antikalarına, Çin vazo ve lambalarına, ahşap döşeme ve tavanlarına hayran kalmıştım.

İşte Anadolu Hisarı ve geçen asrın sonlarına doğru en meşhur mesire yeri olan Göksu deresinin önünden geçiyorduk. Hanımların Cuma günleri tertipledikleri güzel yaz gezmelerini yine babaannemin ağzından dinlerdik. Çeşitli eğlenceler düzenlenirmiş. Katılım fazla olduğu için Şirket-i Hayriye ek vapur seferleri düzenlemek zorunda kalırmış.

Suların üstünde kayar gibi ilerleyen adı Piyade olan kayıklarda, güzelliklerini yaşmaklarının tülüyle gizleyen hanımları görür gibiyim. Bu Göksu gezmeleri yerli yabancı ressamların tablolarına da konu olmuştur.

Fausto Zonaro'un "*Göksu Sefası*" adlı eserini Pera Müzesinde görmüştüm.

Beyler hanımların kayıklarını cesaret edebildikleri kadar yakından takip ederlermiş. Bazen gizlice bir pusula vermeye çalışırlarmış gözüne kestirdikleri güzele. Böylece romantik ilişkiler de kurulurmuş bu Cuma gezmelerinde. Çağımızın SMS furyası göz önünde tutulursa eskiden ilişkiler ne kadar zor ilerlermiş diye düşünmeden edemiyor insan. Kim bilir belki zor elde edilen şeyler daha zor mu tüketiliyor? Üstüne çaba harcanan her şey daha kıymetli olmaz mı?

Birbirinden güzel yalılar inci gibi dizilmişlerdi kıyıya. Şimdilerde Demet Sabancı'ya ait Zarif Mustafa Paşa Yalısı, Kurtuluş savaşı sırsında özel bir amaçla da kullanılmış. Mustafa Kemal'in arkadaşlarının silahları ile saklandığı depo olarak kullanılmış. 1990 yılında yalıya çarpan yük gemisinden sonra restore edilmiş.

Vapur ring seferine devam edip tekrar Bebek ve Arnavut köy iskelelerine uğrayıp karşıya Çengelköy'e gidecekti.

İkinci köprünün hemen yanı başında kırmızı boyalı görkemli bina hemen dikkatleri kendine çekiyordu. Asırlık bina, Rumeli Hisarı'nın en önemli tarihi binalarından Yusuf Ziya Paşa Köşkü nam-ı diğer Perili Köşktür. Borusan binayı 2030 yılına kadar kiralayıp, Türkiye'de bir ilke imza attı. İç mekânlarını modern ve ferah bir ofis olarak düzenleyen kurum, hafta sonlarında Modern bir Sanat Müzesi olarak izleyicilerine kapılarını açtı. Ve böylece, yalnız müzik alanında değil sanatın diğer kollarında da söz sahibi olduğunu gösterdi.

Orayı ziyaret etmeyi çok istediğim halde, ancak geçen ay nasip oldu. Şirketten birkaç arkadaşla buluşup Cumartesi sabahı, denize nazır kahvesinde kahvaltımızı yaptık sonra da rehber eşliğinde bu sekiz katlık inanılmaz dinamik sanat koleksiyonunu gezdik. Muhteşem bir sunum, enteresan ve binanın karakterine uyumlu yerleştirmeler gerçekten çok etkileyiciydiler. Emir henüz gezmedi orayı en kısa zamanda onunla birlikte tekrar ziyaret etmek istiyorum.

Arnavut köy semti de yapısıyla, insanlarıyla çok enteresan bir yerdir. Bakkalıyla, kasabıyla, mimarıyla nasıl da sahip çıkmışlardı semtlerine, üçüncü köprü konusunda, tek yürek olarak mücadele vermişlerdi.

3. köprüyü engellemek ve protesto etmek amacıyla düzenledikleri panayıra yaklaşık bin beş yüz kişi ile birlikte, onlara destek vermek için Orhan Pamuk, Müjde Ar, Rutkay Aziz gibi sanatçılar da katıldı. Bu güne kadar dört binin üstünde imza topladılar. Aslında, bir toprağa tutunma, bir yere ait olma güdüsü hep var oldu insanoğlunda. Bir ülkeye, bir şehre, bir semte ait olmak duygusu inanılmaz önemlidir hayatımızda. Bu duyguları, ben Amerika'dan dönüşümde çok iyi hissetmiştim. Dönüşümdeki bütün bocalamalarıma rağmen artık başka bir yere gidemeyeceğimi anlamıştım.

Annem de Arnavut köylüydü. Hem de birkaç nesilden beri. Annem de dedelerinden dinlediklerini bana aktarırdı. Bir rivayete göre Fatih Sultan Mehmet, Arnavutluk'a egemen olmasından sonra yöreden getirilen Arnavutları bu semte yerleştirdiği için bu semtin ismi Arnavut köy olmuştur. Bir diğer adı da, orada oturan Rumların verdiği ad Megali Revmatu idi (Büyük Akıntı). Çünkü Karadeniz'den Marmara'ya Boğaz akıntısının en kuvvetli olduğu yer burasıdır. Annemin anlattıklarına göre, dedeleri 1893 yılında buraya yerleşen Tatar Türklerindendi. Rumların çoğunlukla yaşadığı bu semtte, Yunanistan ve Türkiye Cumhuriyeti arasında yaşayan halkların değişimi "mübadele" protokolüne imza atılmasıyla birlikte karşılıklı göçler başlamıştı. Halkların karşılıklı değişimini öngören protokol gereği bu bölgede yaşayan Rum Köylüler Yunanistan'a, Yunanistan Drama bölgesinde yaşayan

Müslüman Türkler de bu bölgeye taşınmışlardı.

Annem çocukluğunu paylaştığı Rum komşu çocuklarıyla anılarını zevkle anlatırdı. 6-7 Eylül olaylarına kadar epey Rum vatandaş yaşardı bu bölgede. Paskalya ve Noel bayramlarında, Rum arkadaşlarıyla, Arnavutköy'deki Rum Ortodoks Kilisesine gittiğini, boyalı yumurtaları almak için sıraya dizildiklerini anlatırdı. O devirdeki seyyah satıcıların yeri büyüktü. Atlı ve eşekli zerzevatçılar, yuvarlak tepsilerinde yoğurt satan yoğurtçular, helvacılar, çocukların macuncuları, kadınların da bohçacı kadınları nasıl sabırsızlıkla beklediklerini öyle tatlı anlatırdı ki, bende sanki o günleri yaşıyormuşçasına etkilenirdim.

Annem büyüyüp genç bir kız olunca, gençlerin erkek ve kızların buluşma yeri, yaz akşamları " Dayının yazlık sineması" olmuştu. Yastıklarını, çekirdeklerini alıp gidilen bu sinema âdeta bir "piyasa" yapılan yere dönüşürdü. Bazen aynı filme üst üste birkaç kez gidilirmiş. Annem öyle bir heyecanla anlatırdı ki bu ilk platonik, duygusal kıpırtıları: uzaktan bakışmalar, belki acele küçük yanaktan çalınan küçük bir busecik. Zaten babamla böyle bir sinema gecesinde tanışmış ilk kez. Babam gerçi karşı yakada Kanlıca'da oturuyordu. Ama bir gece arkadaşı İskender'in evinde kalmıştı, Arnavut köy'de. Onların hikâyesi de böyle başlamıştı.

Şimdi vapur Kuleli Askeri Lisesinin önünden geçiyordu.

Boğaz'ın en güzel, en dikkat çekici binalarından biri kuşkusuz bütün görkemi ile Kuleli Askesi Lisesidir. Gece de aydınlatılınca bir başka güzellik katar manzaraya. Temeli 1800'ler de atılan bu binanın önünden geçtikçe, halamın oğlu Fazıl gelir aklıma. Ve onun hazin öyküsü. Yaşça benden büyüktür. Kuleli'de okuyordu, aileside Ankara'da oturduğu için, hafta sonu tatillerini Kanlıca'da babaannemde geçirirdi, bazen de bize gelirdi. Çok yakışıklı ve cana yakın bir insandı. Bize gelmesini çok isterdim, tek çocuk olarak büyüyen benim için, onun bizde kalması benim için harika bir olaydı. Bazen bir iki arkadaşını da getirirdi. Evimizde bir canlılık olurdu. Çok küçükken ben ona:

"Ben büyüyünce seninle evleneceğim" dermişim. O da güler beni kollarında havaya kaldırıp döndürürmüş.

Biz de kaldığı bir hafta sonu, bütün hayatını karartan kaza oldu. O gün Fazıl bizimle vedalaştı, çantasını aldı ve yola çıktı. Tam kapının önünde taksi beklerken, freni boşalan bir kamyonet çocuğa çarpıp hastanelik et. Biz de yukarıda, acı fren sesini duyduk ama hiç kondurmadık böyle bir felaketi. Oradan geçen bir komşumuz olayı gördü ve bize haber verdi.

Nasıl ambülans çağırdık, nasıl hastaneye yetiştirdik, o anlardaki paniğimizi hâlâ içim ürpererek hatırlarım. Uzun bir süre hastanede kaldı. Çok acı günlerdi. Maalesef bir bacağını da kaybetmişti. O genç delikanlı bir deri bir kemik kalmıştı. Her zaman gülen gözleri acı doluydu. Yine de kuvvetli bir karakteri vardı. O zamanlar çıktığı ve deli gibi sevdiği bir kız vardı, Feride. İlk zamanlar yanına gelip gidiyordu. Sonra bir müddet sonra baktık kız yok ortalarda. Meğer Fazıl söylemiş ona " beni bırak git artık, ben artık yarım insanım, sen kendi yoluna git " diye.

Sanırım kız da bu öneriyi ikiletmemiş, bir daha gelmemiş yanına. Onu çok iyi tanıdığım için, Fazıl'ın çok etkilendiğini, bu darbenin herşeyden çok onu perişan ettiğini hissetmiştim. Nekahet devrini bizim evde geçiriyordu. Onu neşelendirmeye çalışıp bu devreyi kolay atlatabilmesi için elimizden geleni yapıyorduk. Ona uyabilecek bir protez ısmarlanmıştı. Ve onu alıştırmak için eve bir uzman geliyordu. "Erkekler ağlamaz" gibi aptal bir prensibe uymak için, çektiği fiziki ve ruhi acıları nasıl sakladığını ve gözyaşlarını içine akıttığını görmek bütün aileyi çok üzüyordu.

Neyse ki bu zor günler geçti. Yoga ve Meditasyon ona çok iyi geldi.Tekrar ayağa kalktı ve hayatına kaldığı yerden devam etmeyi başardı. Şimdi Bodrum'da oturuyor, evlendi çoluk çocuğa karıştı. Karısı Şebnem ile birlikte küçük bir otel işletiyorlar. Son zamanlarda bir hayli revaçta olan Kişisel

Gelişim, Yoga ve Meditasyon Seminerleri düzenliyorlar. Yurt dışından da hem hocalar hem de öğrenciler geliyor. Bayağı güzel bir ortam yaratmayı başardılar. Biz de Emir'le iki seminere katıldık. İnsan hakikaten bir başka dönüyor, daha zinde, hayata karşı daha pozitif.

Vapur Çengelköy'e yanaştı. Boğaziçi'nin ünlü Çınarlarından biri de Çengelköy'dedir.

Kimin diktiği belli olmayan Çınarın, bir söylenceye göre yaşı 750'nin üstündeymiş. Diğer tarihi çınarlar da Ortaköy Çınarı, Bebek Çınarı, Emirgan Çınarı ve Göksu Çınarı...Tabi Çengelköy'ü meşhur eden hıyarını da unutmamak gerekir. Ama artık pek yetişmiyormuş, sadece sanı kaldı. Köy adını 19. Yüzyılda Osmanlı'nın kaptan-ı deryası Çengeloğlu Tahir Paşa'dan almış, paşa da buraya bir mescit yaptırmış ve köyün adına da Çengelköy demişler. Bu köyün ismi ile ilgili diğer bir rivayette, Fatih Sultan Mehmet'in iktidarı sırasında semtte Bizans devrinden dövülmüş dev çengeller ve çapalar bulunmuş, Çengelköy adı da böyle doğmuştur.

Ben de herkesle beraber inerken, Emir'in beni beklediğini gördüm. Onun o kadar çabuk köprüyü geçebileceğini tahmin etmemiştim. Bir kafede oturur onu beklerim diye düşünmüştüm. Onun tanıdık, insana güven veren yüzünü görünce, içim sevinçle doldu. O da beni görmüş el sallıyordu.

El ele tutuştuk, beni yanaklarımdan öptü. İçimde tanımadığım bir heyecan vardı. Sanki yeni yeni çıkmaya başlamışız gibi.

- Hadi gel, arabayı şu arka sokağa park ettim.
- Emir ne iyi oldu beni almaya geldin.
- Jülide geleceğimi söylemiştim zaten.
- Evet, biliyorum, bir yolculuğun sonunda, seni birinin beklediğini görmek, çok güzel bir duygu.
- Tatlım bu yolculuk seni epey duygulaştırmış. Gel arabada anlatırsın. Sen kimbilir, ne hayat hikâyeler kurgulamışsındır, boğazdaki yalıların pencerelerine bakarak.

Haklıydı Emir. Bu küçük Boğaziçi yolculuklarımda, kıyıdaki yalıların pencerelerine bakarak, orada yaşayanların hayatlarını merak eder, binbir tane senaryo yazardım tanımadığım bu insanlar hakkında. Geçmişleri, hayalleri, aşkları, üzüntüleri kısacası hayat hikâyelerini kurgulamak benim için vazgeçilmez bir eğlenceydi.

- Yok, Emir'cim bu sefer yanıldın. Bu yolculukta başkalarının hayat hikâyelerini değil, kendi hayat hikâyeme sarıldım. Anlayacağın içe dönük bir yolculuktu aynı zamanda.
- O zaman daha heyecanlı oldu. Benim bir yerim var mı bu hikâyede? Şöyle ufacık bir rol bile vermedin mi bana?
- Tatlım, şu anki hayatımın başrolünde olduğunu biliyorsun.
- Sevgilim, bunu senden duymak ne güzel, umarım güzel prensesimin hayatında kalıcı bir rolüm olur.
- Emir'cim kalıcısın zaten. Sen beni hayatından atmadıkça

senden kopmaya hiç niyetim yok. Artık biz olmak istiyorum Emir. Bunu, seni burada beni beklerken görünce daha iyi anladım. Ne senden ne de bu rüya şehirden hiç ayrılmak istemiyorum artık.

ASYA - AVRUPA
Arası
Bir Uçak Yolculuğu

Havaalanlarını her zaman çok sevmişimdir. Bu sabahta erken gelebilseydim daha fazla vakit geçirmeyi düşünmüştüm. Duty Free'den birşeyler bakacaktım. Aslında otelimden tam zamanında çıkmıştım. Ama bu kadar erken saatlerde inanılmaz trafik, alana girme kuyruğu, check in kuyruğu, güvenlik kuyruğu derken ancak yetişebilmiştim uçağın kalkış saatine. Ben aslında rahat rahat hareket etmeyi, bir yerde oturup bir kahve içmeyi, etrafıma bakınıp, havaalanında, dükkândan dükkâna, oradan oraya telaşla koşuşan insanları seyretmeye bayılırım.....Kimi egzotik bir tatilin hayaliyle, kimi yeni bir işin heyecanı ile bir diğeri de memleket hasretiyle yandığı ve dört gözle beklediği seyahatin sevinciyle doludurlar bu uçaklarını bekleyen insanlar.

O kadar enteresan insan manzaralarıyla karşılaşırsınız ki, bir roman bile yazabilirsiniz. Ama bugün geç kalmıştım, bu zevkimi başka bir sefere bırakmam gerekti.

Ben Emir Taylan, Yüksek Mimarım. Mesleğimi de çok seviyorum. Bazen iş için, bazen mesleğime yararlı olabileceğini düşündüğüm kongre ve seminerlere katılmak için sık sık yurt dışına gidiyorum. Asistanım Tayfun her zaman benimle beraber gelirdi. Ama bu sefer, son dakikada annesi ameliyata alındığı için özür dilemişti. Bu yüzden yalnız gittim bu toplantıya. İş seyahatleri hep yoğun geçer, otel ve müşteri fabrikaları dışında geldiğiniz şehrin başka yerlerini görmezsiniz. Güzel lüks lokantalara götürürler sizi, en güzel yemeklerini tattırırlar ama kültürleriyle ilgili pek bilgi sahibi olmazsınız.

Dün gece bayağı geç yatmıştım. Uykum kaçtığı için, kitap okumuştum saat 3'e kadar. Artık uçakta güzel bir uyku çekerim diye düşünüyordum. Uçak kalabalık gözükmüyordu. İnşallah yanıma rahatsız edecek bir tip oturmaz diye geçirdim içimden. Çünkü bazen yanınıza, ille de konuşacak birini arayan çıkar. Ya dertlerini anlatır ya da uçmaktan korkuyordur, size sığınır. Böyleleri başıma gelmiştir. Ben daima koridor koltuğuna oturmayı tercih ederim. Şimdilik yanım boştu. Ama bütün yolcular henüz binmemişti uçağa. Böyle düşüncelere dalmışken birden bir kadın sesi:

– Müsaade eder misiniz, benim yerim pencere yanı. Geçebilir miyim?

Galiba dalgınlığımdan kadın sorusunu tekrarlamak zorunda kalmıştı. Biraz da mahçup:

– Tabi buyrun, özür dilerim diyerek ayağa kalktım ve geçmesi için yana çekildim. Gerçi gördüğüm kadarıyla incecikti. Çünkü biraz fazla şişmanlar bu uçakların daracık koridorlarında bayağı bir zorluk çekiyorlar, keza koltuklarında da oturmak pek rahat olmuyor onlar için. Yukarıya koymak istediği el çantasını elinden aldım kendim yerleştirdim.

– Çok naziksiniz diye teşekkür edip yerine geçti.

Yanımdan geçerken parfümü de etrafa hoş bir koku bıraktı. Hafif pudra kokan, hem masum hem de iç gıcıklayıcı bir kokuydu. O geçip pencere kenarına oturdu ben de koridor kısmındaki koltuğa oturdum. Aramızdaki koltuk boş kalmıştı. Birbirimize gülümseyip, ara koltuğa, ikimiz de bugün artık hayatımızın vazgeçilmezleri arasına giren bilgisayarlarımızı yerleştirdik.

– Size iyi yolculuklar dedim. O da:

– Size de diye cevap verdi.

Sesinin tınısı çok hoştu. Gülüşü de gözlerine yansıyordu. Gözleri dikkatimi çekmişti. Sanki bu gülen gözler tanıdık gelmişti.

Uçak havalanınca elimdeki kitabı okumayı bırakıp biraz gözlerimi kapatayım dedim. Akşamki yorgunluğum eklenince galiba dalmışım. Hostesin hafifçe dürtmesiyle uyandım. Yemek seçmem için mönüyü uzatıp bir şey içmek istermisiniz diye soruyordu. Yanımdaki yolcu zarif bir hareketle elinde tuttuğu bardaktan içkisini yudumluyordu.

– Kusura bakmayın dedim güler yüzlü hostese. Ben bir bira alayım lütfen. Güzel komşuma dönerek:
– Dün yoğun bir günümdü. Yoksa kolay kolay uyumam.
– Yorgun olunca bazen oluyor. Ben de uçakta pek uyumam, uzun uçuşlarda bile. Muhakkak yapacak bir şey bulurum. Okurum, yazarım, düşünürüm.
– Ben de yolculukları çok severim. Ne bıraktığınız yerdesiniz ne de varacağınız yerde. Bazen ortada olmak çok rahatlatıcı oluyor. Bu arada henüz tanışamadık. Ben Emir Taylan, Mimarım, bir fuara katılmak için buradaydım.
– Benim adım Serra Dereli, ben ressamım. Burada bir sergiye katıldım.

– Çok memnun oldum. Ne güzel bir sanatçıyla seyahat etmek, hemen hemen mesleklerimiz yakın birbirine. Ben de Mimar Sinan Mimarlık bölümünden mezun oldum. Vaktim oldukça galeri ve müzelerdeki sergileri takip etmeye çalışırım.

– Aynı okuldan mezun olduk. Ben de Resim bölümünden.

– Bu seyahati iş arkadaşım gelemediği için yalnız başıma yapmak zorunda kaldım. Bayağı yoğun geçti, yoksa vaktim olduğu zaman ziyaret ettiğim ülkelerdeki sanat olaylarını takip etmeye çalışırım. Bundan evvel iki kez Venedik Bienalini ziyaret ettim. Venedik zaten Dünya'da ziyaret etmekten en zevk aldığım şehirlerden biridir. Aynı zamanda Mimarlık Bienali de vardı.

– Evet, haklısınız ben de çok seviyorum Venedik'i. Her şeyi ile büyülüyor insanı. Venedik Bienali de dünyadaki en önemli sanat olaylarından biridir. Ama artık İstanbul Bienalinin de dünyada saygın bir yeri var. Ve gittikçe de gelişiyor.

Konu konuyu açtı, yemek gelene kadar bayağı sohbet ettik. Öyle çarpıcı bir güzelliği yoktu. Ama etkileyici bakışları ve ses tonu çok güzeldi. Dikkatle dinliyordu. Belki sanatçı kişiliğinden olabilir, karşısındaki insana değer veren, insancıl bir yaklaşımı vardı. Dinlemesini bilen insan azdır dünyada. Bütün bunları bir saat sohbetle nasıl anlaşılabilir bilmiyorum ama ben öyle hissettim.

Konu müzikten açılmıştı. Serra coşkuyla anlatıyordu:

– Müzik, hayatımda hep çocukluğumdan beri vardı.

Annem piyano hocasıydı. Konservatuvar mezunuydu. Babamla evlendikten sonra pek kariyerine devam edemedi ama evde özel piyano dersleri verdi.

– Ben de lisedeyken gitar çalardım. Hatta arkadaşlarla kurduğumuz küçük bir orkestramız bile vardı. Beni müzik her zaman dinlendirdi ve derslerime çalışmamı motive etmiştir. Üniversite imtihanlarıma hazırlanırken de piyano dersleri almaya başladım. Çok sevdiğim ve saydığım bir piyano hocam vardı. Çok duygulu ve nazik bir insandı. Kar kış demeden bir kış boyunca Moda'deki evine gidip geldim.

– Moda'daki ev mi?

– Evet. Moda'nın en güzel yerinde, Moda Klübünün hemen üstünde bütün manzaraya hakimdi. Kalamış koyu, adalar hep gözükürdü. Karaköy'den vapurla geçerdim.

– Nasıl bir hanımdı? Adı neydi?

– Feride Çölgeçen. Çok hoş bir hanımdı. Kumral, ela gözlü...

– Ne diyorsunuz? Tesadüfün bu kadarı da olmaz. Benim de çocukluğumun bir kısmı bu evde geçti. Siz annemden piyano dersleri almışsınız.

Çok heyecanlanmıştım:

– Ne olamaz! Diye bağırmışım. Yandaki koltuklarda oturanlar baktılar hatta. Dünya ne kadar küçüktü. Ama şimdi hatırlıyorum. İlk gözlerinize baktığımda, sanki sizi daha evvel gördüm mü acaba diye aklımdan geçirdim. Şimdi bakıyorum, benzeyen yanlarınız var annenize, bilhassa gözleriniz. Zaten onu tanıdığımda bu yaşlardaydı herhalde. Nasıl kendisi? Aynı yerde mi oturuyor?

– Maalesef onu geçen yıl kaybettik, ani bir kalp krizi.

– Çok üzüldüm.

– Babamla boşandıktan sonra bir daha evlenmedi. Müzik dersleri, yardım dernekleri, sonrada torunuyla hayatını doldurdu. Onu siz de tanıdınız, çok harika bir insandı. Herkesi sever, hem çocuklarla hem yetişkinlerle çok iyi anlaşırdı. Çocukluğumda yatılı okudum birkaç sene, annemle babam boşandıktan sonra eve döndüm. Ondan sonra annemle çok yakın olduk. Asya yakasından taşınıp annemle Nişantaşında bir ev tuttuk. Böylece okuluma gidip gelmek daha kolay oldu. Aslında annem Moda semtini çok severdi. Bütün çocukluğu ve gençliği orada geçmişti. Bir yarımada üzerinde kurulu olan Moda eski tip semt özelliğini taşır, hemen herkesin az çok tanış, arkadaş olduğu, komşuluk değerlerinin yaşadığı ve kültürel birikiminin yüksek olduğu bir yerdir. Kalburüstü insanların oturduğu bir yerdir. Çok sayıda diplomat, öğretim üyesi, gazeteci, yazar, oyuncunun mesken tuttuğu bir semttir. Avrupa yakasına geçince annem epey zorlandı ve yabancılık çekti ilk zamanlar. Ama annemle bu sayede daha yakın olduk. Öldüğü zaman ben de bir arkadaşımı kaybettim. Size rastlamam ne güzel bir tesadüf. Annemi yakından tanıyan bir insanla tanışmak benim için ne kadar değerli olduğunu bilemezsiniz.

– Benim için de öyle Serra. İsminle hitap edebilirim herhalde. Seni de ben annenin anlattıklarından çok iyi hatırlıyorum... Annenin küçük kızını ne kadar sevdiğini ve yatılı okuduğu için ne kadar özlediğine yakinen şahit oldum.

– Şimdi ben de hayal meyal bir lise öğrencisinden bahsettiğini hatırlar gibiyim. Ben o zamanlar 12 yaşlarındaydım herhalde. Nasıl geçiyor yıllar değil mi? Hatta seni çok takdir ettiğini ve bana örnek gösterdiğini biliyor muydun? Sanıyorum sen evde ders verdiği son öğrencilerden biriydin herhalde. Sonra annem çok yerinde bir karar vererek, evde özel ders vermekten vazgeçti ve operadaki provalarda repetitör görevini üstlendi. Onun için çok daha iyi oldu. Birçok insan tanıdı. Evde dört duvar arasında kalmaktan kurtuldu. Bazen beraber yurt dışına seyahatlere gittik. Onunla çok güzel gezilerim oldu. Konser, tiyatro, sergi beni her yere götürürdü. Çok güngörmüş bir ailenin kızıydı ve müthiş bir genel kültür bilgisi vardı.

– Bilmez miyim Serra, biz de derslerden sonra sohbetler ederdik ve annenin ne kadar kültürlü biri olduğunu çok iyi biliyorum. Ondan o kadar çok şey öğrendim ki! Etrafına ışık saçan biriydi.

– Teşekkür ederim. Ne güzel anlattın anneciğimi.

Yemekte annesinin anısına kadeh kaldırırken ikimiz de hüzünlendik. Hostes önümüzdeki tepsileri aldıktan sonra, Serra bilgisayarını açtı ve hazırlaması gereken bir yazı olduğunu söyledi. Ben de kitabımı açtım. Kitaba bakıyordum ama aklım çok gerilere gitmişti, ta 1987 kışına.

O zamanlar 17 yaşında üniversite imtihanlarına hazırlanan genç bir lise talebesiydim. Aslında üniversiteyi yurt dışında okumak istiyordum. Müzik te benim hobimdi. Gitar çalıyordum, küçük besteler yapıyordum. Evimizde babadan kalma bir piyano vardı. Biraz tıkırdatıyordum ama benim istediğim daha ciddi bir şekilde öğrenmekti. Aslında konservatuvarda okumayı çok isterdim. Ailem elinde bir altın bileziğin olsun, müzik te hayatında hobi olarak kalsın diyordu. Ben piyano için ısrarlı olunca annem de:

– Madem bu kadar istiyorsun geçen gün klüpte Derya Hanım çok iyi bir hocadan bahsediyordu. Zaten çok iyi bir kulağın var. Git bari özel ders al, içinde kalmasın. Gerçi evi karşıda, biraz uzak bize, Moda'da.
– Anne farketmez. Okulum Karaköy'de nasıl olsa bir

vapura atlar giderim.

Harika olur anne, beni müzik rahatlatıyor, derslerime de katkısı oluyor.

Böylece Feride Gölgeçen'le, piyano hocamla tanışmış oldum. Moda her zaman için İstanbul'un mutena semtleri arasında yer aldı. Halen de öyledir. Hiç unutmam karlı bir Şubat günüydü ilk piyano dersim. Evinin kapısını çaldığımda her tarafım donmuştu, ağzımdan buharlar çıkıyordu. Beni çok hoş bir hanım karşıladı. Zarif, kumral, buğulu gözleriyle Feride Hanım çok cana yakın bir insandı. İlk dersimiz, beni dinleyerek, yanlış bildiklerime işaret ederek geçirdik. Sonrada bir çalışma programı çizerek sakin halinin altında ne kadar otoriter bir hoca olduğunu gösterdi. Artık haftada bir gün, okuldaki derslerim erken bittiği için çarşambaları, Moda'daki 5. kattaki dairesine gidiyordum. Ders bittikten sonra bazen bana çay ile kendi yaptığı kek veya bisküvilerden ikram ediyordu. Onunla sohbet etmeye bayılıyordum. Eşi ile boşandıklarını ve benden 5 yaş küçük bir kızının olduğunu bu ders sonrası yaptığımız sohbetlerde öğrendim. Kızını hiç görmemiştim. Çünkü kızı Notre Dame de Sion'da yatılı okuyordu. Son zamanlardaki anne baba arasındaki şiddetli geçimsizlik, kızlarının hayatlarını etkileyeceğini düşündükleri için ortaklaşa aldıkları bir karardı.

Ben okulda, partilerde şamata yapan, eğlenmeyi, arkadaşlarla geyik yapmayı seven normal bir gençtim. Yine de haftada bir gittiğim, bu piyano derslerini, Feride (ismiyle hitap ediyordum) ile paylaştığım bu çay molalarını, tatlı sohbetlerimizi çok seviyordum. Aslında ben yaşıtlarımla olmak kadar, daha büyüklerle de olmayı severdim.

Piyano salondaydı. Geniş, ışıklı, sade ama kişilikli bir dekorasyonu vardı evinin, tıpkı sahibesi gibi. Feride'ye yaş veremiyordum. Çok genç evlenmişti herhalde, fiziği de çok düzgündü ve narin yapılıydı. Canlı, esprili çok cana yakın bir insandı. Ama gel gör ki yanlış bir notaya bastığımda hemen otoriteyi ele alıyordu ve şakadan da olsa beni azarlıyordu.

– Emir sen istersen en iyisini yapabilirsin, onun için kızıyorum sana, darılmıyorsun değil mi bana?

– Olur, mu hiç? Ne istersen diyebilirsin, haklısın her zaman.

– Biliyor musun yaşıtlarına göre çok olgun bir çocuksun. Ailen seni çok iyi yetiştirmiş.

O zaman sözlerinde ve bakışlarında bir hüzün sezerdim. Eski eşi ile beraberliklerinde bu uyumu bulamadıkları için kızlarına sağlam bir aile ortamı sağlayamamanın derin üzüntüsünü hissederdim.

O zaman öyle kırılgan gözükürdü ki gözüme, ne yapsam da gözlerinden bu hüznü silsem diye düşünürdüm.

Bir gün derse geç kalmıştım. Her zaman bindiğim vapuru kaçırmıştım. Telaşla Feride'nin kapısını çaldım. Hemen açmadı. Tekrar tekrar zili çalmaya devam ettim. Bayağı telaşlanmıştım. Aradan dakikalar geçtikten sonra nihayet kapı açıldı. Feride, sapsarı yüzü elindeki buzu yanağına tutuyordu. Ona bakıp, yüzündeki şişi görünce, afalladım, telaşa kapıldım.

– Feride ne oldu seni kim bu hale getirdi? Gel hemen bir hastaneye, eczaneye gidelim diyerek kolundan tuttum.

O da bana yaslanarak:

– Bir şeyim yok, telaşlanma, buz koyuyorum geçer.

İçeriye her zaman çay içtiğimiz odaya gittik, kanepeye oturduk.

– Ne oldu Allah aşkına, söylemeyecek misin ne olduğunu? Kim yaptı bunu?

– Eski kocam Sedat. Ben de anlayamadım bu başıma gelenleri. Evli iken de bir kere vurmuştu. Zaten ondan sonra aramızda her şey bitmişti. Bugün de bir şey imzalatmak için geldi. Sonra da bir şeye kızdı, içki de içmiş, kendini kaybetti.

– Nasıl yapabilir sana bunu. O kadar nazik ve iyi bir insansın ki. Derhal polise gitmek lazım, vurmak ne demek bir kadına!

– Ah benim tatlı Emir'im. Neler oluyor memleketimizde bilmiyor musun? Kaç kadın dayak yiyor ve susuyor. Ama Sedat'a giderken söyledim bir daha buraya gelirse onu hiç acımadan kızımın babasıdır diye sakınmayacağım, polise giderim dedim.

– İyi demişsin. Gel bakayım yüzüne. Buz getireyim mi mutfaktan, bir merhem sürelim. İyi ki gözüne gelmemiş.

– Tamam, telaşlanma, geçiyor zaten.

O kendini unutup beni teskin etmeye çalışıyordu.

– Bugün ders yapmayalım, sen bu haldesin.

– Müzik her şeye iyi gelir, kaytarmak yok küçük bey. Dersimizden sonra çayla yeni fırından çıkardığım kekin tadına bakarsın.

– Dediğin gibi olsun.

O gün Chopin'den kolay bir vals öğretiyordu. Hakikaten müzik ikimizin de heyecanını yatıştırmıştı. Dersten sonra:

– Feride bir şartla çaya kalırım, sen yerinden kalkmayacaksın. Buz koymaya devam et yüzüne ki daha fazla şişmesin. Ben çayı ve keki getireceğim oturma odasına.

– Tamam, fincanların yerini biliyorsun, kekte fırının yanındaki dolapta.

Hava erken karardığı için, duvardaki aplikleri yakmıştı.

Sıcacık ve romantik bir hava vardı. Demin çalıştığımız Chopin'in hüzünlü notaları aklımızdan silinmemişti henüz.

- Biliyor musun Feride, seninle beraber müzik yapmaktan o kadar büyük bir zevk alıyorum ki. Şu son zamanlarda hiçbir şey beni o kadar mutlu edemez. Arkadaşlığın, engin bilgin, bu çay sohbetlerimiz benim için çok özel.
- Bu sözlerin beni çok mutlu etti ama gençsin, eminim seni çok daha fazla mutlu edecek genç arkadaşların, genç kızlar, canlı müzikler dinlediğiniz partiler, akranlarınla paylaştığın daha enteresan ortamlar vardır. Duygusal bir karakterin olduğunun farkındayım. Ama her şeyin bir yaşı vardır.

Ben hemen itiraz etmiştim. O anda hakikaten başka bir yerde olmak istemiyordum. Bu çekici ve duygulu kadının yanında kendimi iyi hissediyordum. Üstelik o gün o seviyesiz eski kocası ona el kaldırmaya cesaret etmişti. Birden olayı hatırlayarak ona yaklaştım:

- Bakıyım yüzüne, buz işe yaramış mı? Elimi yanağında onu incitmekten korkarak hafifçe gezdirdim. Teni pürüzsüz ve yumuşacıktı. Saçlarından gelen güzel koku da genzimi doldurmuştu. Birden kendimi bir tuhaf hissettim. Gözlerine baktım. O da bana sanki ilk defa görüyormuş gibi bakıyordu. Yüzlerimiz birbirine çok yakındı. Dudakları yarı aralıktı. Birden bakışlarından aldığım cesaretle, bu titreyen dudakları ağzımla kapadım. O da dudaklarını çekmedi. Beni kendine çekti ve öpüşümüz derinleşti. Kalbim küt küt atıyordu. Onunkinin de atışını hissedebiliyordum. Onu kendime çekerken bluzunun düğmeleri açıldı, beyaz diri göğsü gözüktü. Artık kendimi tutamayarak dudaklarımı o bembeyaz göğsün üstünde gezdirdim. Feride hafifçe inledi:

– Emir bu delilik...

– Feride... Sesim heyecandan kısılmıştı. Feride lütfen... beni çok etkiliyorsun...

Artık ikimizin de durması için çok geçti. Her şey bir anda oldu. Birbirimize sarılmış, yatak odasına geçtik ve hiçbir şey düşünmeden doludizgin muhteşem bir yolculuğa çıktık. Kendimi âdeta bir duygusallık ve cinsellik denizinde buldum. Hem tensel hem duygusal olarak çok heyecanlı anlar paylaştık Feride ile.

Çok sonra, eve telefon ettim. Anneme o gece bir okul arkadaşımda kalacağımı söyledim. Feride ile hazırladığı sofrada yemek yedik, şarap içtik ve sabaha kadar seviştik ve beraber uykuya daldık. Bu ilk gecemiz hiç silinmedi aklımdan. Ama ilişkimiz nerdeyse bütün kış devam etti. Ve hep aynı güzellikteydi. Feride kocasıyla fazla mutlu olamamış, duygusal ve sevgisini vermek isteyen yalnız bir kadın, ben ergenlik yaşında, sıhhatlı, erkekliğe yeni adım atmış genç bir erkek, sanat ve müzik ortamının da kattığı romantizmle, hayatımın en güzel ilişkisini yaşadım.

Birbirimize verecek o kadar çok şeyimiz vardı ki! Benim daha önce bir iki tecrübem olmuştu. Ama hepsi geçici, yüzeysel, duygusuz, mekanik seks ilişkileriydi. Okuldaki yaşıtım kız arkadaşlarımla, ilişkilerim bir iki masum öpücükten ileri gitmemişti. Feride ciddi kişiliği altında çok sıcak ve vericiydi.

Benim yataktaki tecrübesizliğimi onun sıcacık yaklaşımı ile üstesinden gelerek harika bir uyum yakalamıştık.

Normalde bu buluşmalarımız derslerim erken bittiği için Çarşambaları oluyordu. Sadece iki gece onun evinde bütün gece kaldım. İlişkimizin başladığı ilk gece, bir de sonradan bir gece daha orada sabahladım...

Uzun bir bayram tatili olmuştu. O kızı ile Paris'e ben de arkadaşlarla dağa gitmiştim. Derslerimize ara vermeye mecbur kalmıştık. Tatili takip eden Çarşamba büyük bir heyecanla Feride'nin kapısını vurmuştum. O kapıyı açınca ikimiz de hiç düşünmeden birbirimizin kollarına atılmıştık. O biraz kendini geri çekmeye kalkınca ben onu tekrar kollarıma çekip rastgele yüzünü öpücüklere boğuyordum.

- Feride seni çok özledim.
- Yapma Emir, biraz sakin ol diyerek beni yatıştırmaya çalıştı.
- Sen beni özlemedin mi?
- Özledim özlemesine ama dur biraz, boğacaksın beni.

Farkında olmadan onu biraz fazla sıkıyordum kollarımda.

- Dur paltonu çıkar. Hava soğuk, ellerin donmuş sıcak birşey içermisin dersten önce?
- Yok, yok sakinleştim. Dur sana bakayım biraz. Nasıl geçti seyahatiniz.
- Önce dersi yapalım sonra bol bol konuşuruz çay içerken.

Hakikaten bu tatil süresince sık sık düşünmüştüm onu. Ona biraz fazla bağlandığımı kabul ediyordum. Bu ilişkimizin de çok fazla süremeyeceğinin farkındaydım tabi. Anı yaşamaktan başka bir çarem olmadığını da biliyordum.

O gün derste de pek dalgındım.

– Bugün aklın başka yerlerde Emir, yorgunsun belki. İstersen erken git bu akşam.

– Yok, tersine Feride senin yanında kalabilir miyim bu gece?

İkimiz de kanepede oturuyorduk. Elini alıp dudaklarıma götürüp öptüm.

– Bana böyle gözlerle bakma Emir.

– Lütfen bu gece seninle kalmama müsaade et. Sana çok ihtiyacım var.

– Ah Çocuk... Böyle diyerek beni kendine çekerek kucağına yatırdı.

Başım onun kucağında ne kadar öyle kaldık bilemiyorum. Dakikalar geçtikçe içimdeki fırtına dinmişti. Bedenim ve ruhum emin bir limana sığınmıştı sanki. Beni sakinleştirmek için usulca saçlarımı, gözlerimi, dudaklarımı okşuyordu. Ben de onun başını avuçlarımla tutarak kendime çektim, uzun uzun öpüştük.

O gece beraber yemek hazırladık. Daha doğrusu mutfakta o hazırladı, ben de onu seyrettim. Seyahatini anlattı. Müzeleri, gördükleri piyesleri, konserleri o içime işleyen sıcacık ses tonuyla bir bir aktardı.

O gece nihayet uyuyabildiğimizde saat epey geçti.

Gece karanlığında bir tıkırtı ile uyandığımda bir ara 'neredeyim' diye etrafıma bakındıktan sonra yatakta yanımın boş olduğunu fark ettim. Feride kalktı herhalde diye düşünüp ona bakmaya gittim.

Feride'nin salonunun pencereleri Kalamış koyuna ve Adalara bakıyordu. Karanlıkta yavaşça ilerleyerek onun yanına kadar geldim. Feride pencerenin yanında sessizlikte bu muhteşem manzaraya karşı düşüncelere dalmış gitmişti.

Arkadan ona sarılarak boynuna bir öpücük kondurdum.

– Canım beni bırakıp niye buraya geldin?

– Uykum kaçtı, seni de uyandırmak istemedim.

İkimiz bir müddet sessiz geceyi ve kalplerimizin atışını dinledik. Sonra onu yavaşça kendime döndürerek:

– Feride sen bana ne yaptın? Diye fısıldadım. Seni hep görmek istiyorum.

Bir müddet cevap vermedi.

– Feride duydun mu söylediğimi? Seni çok özlüyorum.

Bana kollarıyla sarıldı ve başını göğsüme yasladı. Sıcacık vücudundan ve saçlarından yayılan kendine has kokusunu içime çektim. Sanki ikimizden başka kimse yoktu dünyada ve o anda bu kollarımda tuttuğum kadının bana hissettirdiklerinden başka hiçbir şeyin önemi kalmamıştı. Ona bakmaya ve dokunmaya doyamıyordum. O da bu anın büyüsünü bozmamak için fısıltıyla konuşuyordu:

– Emir, ben de sana çok alıştım ama korkarım daha fazla zorlanmadan yavaş yavaş bu ilişkimize son vermeliyiz. Çünkü bu bizi bir yere götürmez.

– Nasıl olacak Feride? Hiç kolay bir şey değil bu benden istediğin. Böyle diyerek onu omuzlarından tutup kanepeye yanıma oturttum.

– Emir benim için kolay mı zannediyorsun. Benim de bu ziyaretlerini, beraber geçirdiğimiz bu saatleri nasıl beklediğimi biliyorsun. Sen hayatıma girmeden evvel ne kadar yalnız olduğumu ne kadar kapalı yaşadığımı gördün. Belki benim de hayatımı değiştirmem gerekecek.

– Tatlım biliyorum. Bana çok şey verdin sen. Ben de senin hayatına birşeyler katabilmişsem ne mutlu bana.

– Tahmin ettiğinden de fazla. Çok sevecen bir insansın. Eminim ilerde evleneceğin eşini de çok mutlu edeceksin.

– Sen kendine yazık ediyorsun. Eski kocan sana çok kötülük etti. Kendine olan güvenini kaybettirdi. Ama tanıyorum artık seni, narin bedeninin altında kuvvetli bir kişilik yatıyor. Ve bütün gücünle ayakta durmayı başaracaksın. Sen çok daha iyi yerlere layıksın.

– Evet, haklısın hayatımı değiştireceğim. Eski dostlarımı tekrar arayacağım. Bu evliliğimle onlardan çok uzak kaldım.

– Ha, böyle! Ben böyle güçlü bir Feride görmek isterim.

Biliyor musun ben acıktım galiba.

– Ah tatlım benim, haklısın benim de içim kazındı. Sen söyleyince farkına vardım. Çayı koyuyorum. Akşamdan kalan simitleri ısıtayım peynirle yeriz ne dersin?

– Harika olur derim.

Gecenin üçünde simit peynir faslı çok hoştu. Bir ara şokella istermisin diye sordu

– Bayılırım dedim.

O gece son hatırladığım, Feride'nin yatakta uykuya dalmadan önce

- Emir sabah kalkıp nasıl okula gideceksin? Diye sormasıydı.

Ben de onun boynuna bir öpücük kondurup, uykulu bir sesle

- Tatlım hiç uğraşma beni uyandırmaya, yarın mühim bir ders yok diye fısıldamıştım.

Tabi ertesi sabah saatinde uyanamayıp okulu asmıştım. O gün de beraber felekten bir gün çalmıştık. Arabasına atlayıp, gözlerden uzak bir yerde kahvaltı etmiştik. Sonra birden karar verip Bostancı'dan motora binip Büyükada'ya gitmiştik. Ada bu sezonda hafta ortasında boş olurdu, tanıdığa rastlamak pek olası değildi. Fayton'a bindik küçük turu yaptık. Sonra adanın boş sokaklarında gönlümüzce dolaştık. Bahar yavaş yavaş kendini hissettiriyordu. Bu cennet yerde Feride ile el ele dolaşmak öyle mutlu etmişti ki beni. Bu kaçamak ikimize de iyi gelmişti. Geç saatte öğle yemeğini de yedikten sonra istemeyerek te olsa vapura binip dönüş yoluna koyulduk. Martılar yol boyunca kanat çırparak eşlik ediyorlardı bize. Biten bu güzel günün sonunda hüzünlüydüm biraz. Adanın silueti gözden kaybolurken, elini sıkı sıkı tuttuğum Feride'nin gözlerinde de aynı hüznü okudum. O Kadıköy iskelesinde indi, ben de Eminönü'ne kadar yoluma devam ettim.

Şimdi düşünüyorum da hayatım boyunca iyi anlaştığım iki insandan biri Feride idi. Şimdi de Jülide ile aynı hazzı duyuyorum. Rahat ve içten bir ilişkimiz var. Karşılıklı huzur içinde olmak ne kadar mühimmiş.

Ama her şeyin de bir sonu vardır. Yaz tatilinde lisan kursları için gittiğim Londra seyahati, üniversite sınavları derken epey arayı açtık. Sonrada tahsil için gittiğim 2 yıllık

Amerika süreci. İki yıl orada okuduktan sonra İstanbul'da Mimar Sinan Üniversitesinden mezun olmuştum.

Şimdide aradan kaç yıl geçmişti, yirmi yıldan fazla, ona benzeyen öz kızıyla koca uçakta yan yana düşmemiz ne büyük bir rastlantıydı. Hâlâ inanamıyordum! Ama başımı yana çevirip sağıma bakmam bunun bir hayal olmadığına inanmam için kâfiydi.

Londra'ya gitmeden evvel onu son bir kez ziyaretine gitmiştim. Ondan ayrılacağım için oldukça mahzundum. O da öyleydi ama yine de güzel bir çay sofrası hazırlamış, güler yüzle benim dışarıya açılıp, lisan öğrenip sonra da üniversite sınavlarını kazanmamın onu ne kadar mutlu ettiğinden bahsediyordu. Aynı şekilde ben de onun kozasından çıkması gerektiğini, kendini dört duvar arasına kitleyip dünyadan ayrı kalmamasının iyi olacağını söylemiştim.

– Feride eşi bulunmaz bir hocasın. Bilgilisin, güler yüzlü ve çok sabırlısın. Bir hocada aranan bütün meziyetler sende var, niye eve kapanıyorsun? Eminim bu müzik bilginle çok iyi bir kurumda iş bulabilirsin demiştim.

Demek ki sonradan düşünüp, o gün söylediğim sözleri ciddiye alıp kendine başka bir yol seçmişti. Umarım iyi bir hayatı olmuştur. Kimse onun kadar hak edemezdi mutluluğu.

Serra elindeki işi bitirmiş bana gülen gözleriyle bakıyordu.

– Emir ne güzel sana rastlamak. Biliyor musun annemin ölümünden sonra, onu tanımış olan birçok öğrencisi ile karşılaştım ve konuştum, ama sanki seninle çok başka şeyler hissediyorum. Onu anlatma şeklin, ifaden, her şey daha samimi. Onu hakikaten sayıp sevmiş olduğunu anlıyorum. Onun da senden hep güzel bahsettiğini hatırlıyorum.

O anda annesinin hayatımda nasıl bir rol oynadığını, sandığından çok daha fazla bir yeri olduğunu anlatmak isterdim. Ama annesinin anısına karşı böyle bir şey açıklamanın doğru olmayacağını düşündüm. Onu yeni tanıyordum. Anlattıklarım onu üzebilirdi de. Belki annesini salt bir kadın olarak görmemiştir diye düşündüm ve sustum.

Konuşacak o kadar çok müşterek şeylerimiz vardı ki! Gerçi ben okuldan mezun olduğumda o yeni girmişti. Ama olsun, bazı ikimizin de tanıdığı hocaların dedikodusunu yaptık. O arada evlenmiş ve bir oğlu olmuştu. Bu seyahat için oğlunu kayınvalidesine bırakmıştı.

– Sen hiç evlendin mi Emir?

– Benim de kısa süren bir evliliğim oldu. Mutlu olamadık ayrıldık. Ama şimdi hayatımda çok sevdiğim ve değer verdiğim biri var.

– Ne güzel, memnun oldum senin hesabına. Hayat yalnız çekilmiyor.

– Doğru söylüyorsun. Ama uygun birini bulursan o zaman hayat çok zevkli oluyor. Eski eşim İnci ile çok gençken evlendik. İkimiz de toyduk. İnsan çok gençken evlenmemeli bence. Bazı şeyleri yaşamalı daha önce. Çocukta olunca boşanmalar daha üzücü oluyor. Sen de boşanmış bir çiftin kızısın, gayet iyi biliyorsun bu durumları. Yurt dışında sadece iki yıl okumuştum. Dönüp burada bitirmiştim eğitimimi. Sonra tekrar Amerika'ya gittim ve orada dört sene bir şirkette çalıştım. Eşimi o zaman tanıdım. Boşandıktan sonra kesin dönüş yaptım. Şimdi burada büyük bir yapı şirketinde çalışıyorum. Ama arada serbest çalıştığım projeler de oluyor.

O sırada hoparlörde hostesin anonsu duyuldu:

"Uçağımız bulunduğu yöredeki hava şartlarından dolayı bir türbülansa girecektir. Lütfen yerinize dönün ve kemerlerinizi bağlayın."

– Hep böyle temkinli davranırlar sonra da bir şey olmaz, dedi Serra gülerek.

Tam bunu söylemişti ki uçak aniden çok sallandı.

– Bak yanılmamışlar Serra. Elini tutayım mı?

– Gel ben de seninkini tutayım.

Uçak bayağı boşluklara düşer gibiydi.

Çabucak yerimden kalktım, aramızdaki koltuktaki bilgisayarları kendi koltuğuma yerleştirip onun yanına geçtim. Elini sıkıca kavradım. Serra'nın küçük eli kocaman elimin içinde kaybolmuştu.

– Emir, haklıymışlar bayağı sallanıyoruz. Fırtına var herhalde.
– Korkuyor musun?
– Yoo... Biliyor musun kara yollarında daha çok korkarım. Bayram ve tatillerde, yollarda olmaktan nefret ederim. Yanımdan hızla geçen arabalara bakamıyorum. Benim de böyle bir fobim var. Emir, bakıyorum da senin de parmakların uzun, tam piyanist eli.
– Evet, doğru annen de öyle derdi.

Neyse bir müddet sonra türbülanslar bitti. Kabinin ikinci anonsu ile her şeyin normale döndüğünü söylediler, ben de eski yerime geçtim tekrar.

– Ne tuhaf değil mi hayat Emir? İnsanın hayatı bir pamuk ipliğine bağlı, her an her şey olabilir.
– Haklısın. Her şey bir an da bitebilir. Geriye ne projeler ne planlar kalıyor. En doğrusu, o gün her şey bitecekmiş gibi, hem de bu dünyada uzun zaman kalacakmış gibi yaşamını sürdürmek.
– Bu söylediklerin çelişkili değil mi? Nasıl olacak bu? Hem bugün son gün gibiymiş yaşayacaksın hem de ileriye dönük projelerini üretmeye devam edeceksin.
– İşte işin sırrı burada; hem yarının yokmuş gibi o andan keyif alacaksın, bir yandan da hiç durmayacaksın

insanın geleceği için bir planı bir beklentisi yoksa zaten yaşayamaz.

– Katılıyorum sana. E, bu Mimarlık fuarı nasıl geçti?
– Uluslararası Mimarlar Birliği (UIA) 1948'de kuruldu. Bayağı eski bir kurum. Ben birkaç yıl evvel üye olmuştum. Ama bu Mimarlık fuarı değildi. 24'üncüsü bu yıl Eylül ayında Tokyo'da yapıldı. Ben ona gidemedim yoğun işlerim yüzünden. Buradaki Mimarlık ve Yapı Malzemeleri fuarıydı. Bir sürü panel vardı.
– Neler konuşuldu? Enteresan mıydı?
– İyi konuşmacılar vardı panellerde. Kısaca özetlemek gerekiyorsa, tüm insanlar için bölgesel yaşam kalitesini artırmak birinci amaç oluyor. Çağdaş medyadan yararlanarak bölgeler ve kültürler arasındaki sınırların ötesine geçmek, geçmiş deneylerden yararlanıp, insan sağlığı, insan güvenliğini tehdit eden afetlerle mücadele etmek ve zorlukları aşmak için neler yapılmalıdır? Bizim gibi deprem bölgesinde olan ülkeler için çok dikkatle ele alınması gereken konular. Yapı fuarları mesleki gelişimi ve güncelliği yakalama açısından çok önemlidir.
– Dubai şehri bu gelişmeye örnek olacak bir şehir. 20 yıl içinde birkaç bedevi ailesinin yaşadığı bir kasaba iken, şu anda dünyanın en modern şehirlerinden biri oldu.
– Haklısın, buraların çöl olduğunu, aç susuz bedevilerin gezdiklerine inanmak hayal gücünü zorluyor insanın. Bedeviler yerlerini zengin iş adamlarına, develer de son model arabalara, çöller ise yemyeşil vadilere, lüks villalara bıraktı. Dünya'daki tek yedi yıldızlık otel de burada.

- Geçenlerde gazete de haberini okudum. Dubai bizim İzmir ile 2020 Expo Dünya Fuarına namzetler arasında. Dubai bu fuar için 4 milyon dolar harcamaya hazırmış. Kazanan şehrin ismi 2013 yılında belli olacakmış. İzmir için ne harika bir fırsat olurdu. Öngörülen ziyaretçi sayısı 30-40 milyonmuş.
- Çok ileri görüşlü yöneticiler var burada. "Senin sanatın benim dinime, düşünceme aykırı, bu saçma şeyi kim alır, satmaz" diye düşünenler olsaydı Dubai bu kadar başarılı olamazdı.
- Çok haklısın benim katıldığım bu Art Dubai fuarı da çok enteresandı.
- Evet, anlatsana biraz, sen neler yapıyorsun?
- Ben modern çalışıyorum. İstanbul Bienalinde buradan bir galerici ile tanıştım. Atölyemi ziyaret etti ve benimle çalışmak istediğini söyledi. Buradaki sergiye bir tuval resim bir de enstalasyon ile katıldım.
- Ne güzel ben de bir gün yaptıklarını görmek isterim. Nasıldı fuar, ilgi, katılım?
- Çok enteresan işler vardı. Dünyanın her yerinden katılan sanatçılar vardı. Uzak Doğulu sanatçıların genellikle doğu mistisizmini, felsefe ve geleneklerini irdeleyen eserleri yer alıyordu. Avrupa, Amerika ve Avustralya'dan gelen Doğu kökenli olmayan galerilerde soyut ve kavramsal işler vardı. Orta Doğu sanatçılarının seçtiği konular genel olarak Emperyalizm eleştirisi, Amerikan işgaline tepki, Doğu toplumlardaki kadın kimliğinin sorgulanması, petrolün neden olduğu savaş ve getirdiği yıkım ile ilgiliydi.

– Sanatın evrensel olduğunu herkes biliyor. Çinli bir yönetmen, filminin fon müziğine, Amerikalı bir sanatçının söylediği bir İspanyolca şarkı koyuyor, bunun gibi birçok örnek verilebilir.

Kültür artık ortak bir paylaşım oldu. Bir eserde, ister müzikte, ister sinemada olsun, farklı kültürlerin izleri uyum içinde birleşip kaynaşıyorlar. Sanat yoluyla, dünyadaki bütün sınırlar kalkıyor.

– Çok haklısın bu söylediklerinde. Sanat, düşman ülkeler arasında bile anlamlı bir zeytin dalı olabilir.

– Mimarlık senin ilk tercihin miydi? Seviyor musun mesleğini?

– Evet, ilk tercihimdi. Mesleğimi hakikaten çok seviyorum. Sen de bilirsin bu duyguyu: Ortada Bir şey yokken bir şey yaratmak, kendine özgü bir tasarıyı ortaya koymak her zaman insana heyecan veren bir şeydir. Mimarlık bütün görsel sanatlar gibi göreceli ve soyut bir kavramdır. Herkese göre de değişir.

Mizahi yazıları ve hoş sohbeti ile gönüllerde taht kuran, Aydın Boysan aynı zamanda çok başarılı işlere imza atmış kıymetli bir mimardır. 1954 yılında kurulan Türk Mühendis ve Mimar Odaları Birliği'nin ilk genel sekreteri idi. Daha sonra da odanın İstanbul Şubesi Başkanı seçildi. Yazılarında ve söyleşilerinde, Mimarlık hakkında söylediği çok önemli şeyler vardır.

" Mimarlık, beş ana sanat dalından biri. Mimarlık, sanat olmaktan kopamaz...Kopmuşsa, mimarlık değildir. Toplum sorunlarında, hiçbir çıkar peşinde olmadan özveriyle görev yapmak, yalnız mimarlık borcu değil, insanlık borcu...

Ama benzeri görevleri kişisel çıkar hesaplarıyla yapmaya kalkışanların yeri ise, yine Dante'nin cehennemi."

- Çok doğru söylemiş. Maalesef neler dönüyor. İhmalkârlıkların doğurduğu elim sonuçları da görüyoruz. Artık elle çizim kalktı, işler kolaylaştı değil mi sizin için?
- Tabi yıllar önce kalktı. 3 boyutlu bilgisayar ile müşteriye sonuçları bir çırpıda gösterebiliyorsun. Bir işi bağlamadan önce müşteri bilgisayardaki sunumda, fotoshop teknolojisi ile, projenin bittiğinde nasıl görüneceğini görebiliyor. Artık fotoshop tekniği her alana girdi. Sen de kullanıyorsun herhalde çalışmalarında?
- Evet, zaman zaman ben de kullanıyorum.
- Dubai şehri de Mimarlığın başkenti, rüya şehri olma yolunda.

Boşuna "Altın Şehir" dememişler. Sanat evrensel bir dildir, buradaki vizyonu geniş yöneticiler bu olguyu çok iyi kullandılar.

Serra kulaklığı takıp müzik dinliyordu. Bir ara çıkartıp bana döndü:

– Üç numaralı kanalda çok güzel Caz müziği çalıyor. Sever misin Caz müziğini?
– Hafif Caz'ı severim. Blues tipi gibilerini seviyorum, ritmi çok yüksek olanını fazla dinleyemiyorum.
– Ben her türünü çok seviyorum ve dinliyorum. Eşim de çok seviyor. Bayağı büyük bir koleksiyonumuz var evde.
– Ben daha çok klasik müzik parçalarının caz müziğine uydurulması ön planda yer alan sanatçıların seslendirdiği parçaları tercih ediyorum. Louis Amstrong, Glenn Miller, Coleman Hawkins'i zevkle hâlâ dinlerim. Glen Miller'in "*İn the Mood*" ve "*Moonlight Serenade*" dinleyip te büyüsüne kapılmayan var mı? İnsan bu müziği dinleyince, yerinde duramayıp dans etmek geliyor içinden.
– Haklısın. Caz müziği bana, enerji, ruhani duygular veriyor. Afrika'daki kölelerin tarlalarda söylenen

köle şarkıları, İngiliz dini müziği, Fransızların sokak şarkıları, halk dansları, bando müziği, İspanyol sömürge müziği ve bir ölçüde Kızılderili müziğinin bir karşımı olduğu için sanıyorum bu müziği dinleyince böyle duygulanıyorum.

– Şimdi kimleri dinliyorsun?
– Ella Fitzgerald, Chick Corea ve daha bir çoğu.
– Aslında bizim de yerli çok iyi caz müziği yapan sanatçılarımız var.
– Evet biliyorum. Onların da plakları var bizde. Kerem Görsev de zevkle dinlediğimiz sanatçılar arasındadır. Bir ara da caz müziği seminerine gitmiştik eşim Aytaç ile.

Serra tekrar kulaklığını taktı ve okuduğu kitaba döndü. Beni bu Caz sözcüğü çok gerilere götürdü. NewYork'ta, Manhattan'da bir Caz Bar'a.

Bir gece Times Square'e açılan bir bara takılmıştık arkadaşım Sam ile. Aynı şirkette çalışıyorduk. Pek sohbet edemiyorduk, çünkü müzik bayağı yüksekti. Müzisyenler bir ara verince ancak bir iki kelime edilebiliyordu. Öyle bir arada Sam bir arkadaşını gördü. Onu yanımıza çağırdı. Onun yanında iki hanım vardı. Tesadüfe bakın ki hanımlardan biri Türktü. Sonradan eşim olacak olan İnci ile ilk tanışmamız bu barda oldu. Tekrar canlı müzik başlayınca ben daha sakin bir yere gitmeyi teklif ettim. O akşam hep beraber sohbet ettik. İnci ile telefon numaralarımızı verdik birbirimize. O da Colombia Üniversitesinde İşletme Yüksek Lisans yapıyordu.

İnci ile telefonlaştık ve sonradan sık sık görüşmeye başladık.

Aslında karakterlerimiz çok uyuşmuyordu baştan beri. Gece hayatını, kalabalık partileri seviyordu. Ben daha çok evde takılmayı ya da sevdiğim birkaç arkadaşla beraber olmayı seviyordum. Ama sevimliliğiyle, neşesiyle beni çekiyordu. Bir de çok güzeldi. Bembeyaz bir teni, uzun kirpiklerin çevrelediği siyah gözler ve her daim öpülmek isteyen dolgun dudakları vardı. Kısacası ona âşık oldum.

Üç ay içinde evlenmeye karar verdik. Yaz tatilinde, İstanbul'da ailelerimizle tanışıp sade bir nikâhla evlendik. Bütün bunlar çok çabuk oldu, çünkü benim sadece bir ay iznim vardı. Sonrada New York'a geri döndük ve müşterek hayatımız başladı.

İlk heyecanlar geçince, karakterlerimizin farklılığı, değişik hayat görüşlerimiz daha fazla ortaya çıktı. Sık sık geceleri dışarı çıkıyorduk. Beraber olduğumuz dostların çoğu onun üniversiteden arkadaşlarıydı. Şamatacı bir arkadaş grubuydu. Benim arkadaşlarımı fazla ciddi buluyordu. Birkaç ay sonra hamile kaldığını öğrendik. Ben çok mutlu olmuştum bu habere.

- İnci artık bir çocuk bekliyoruz. Sen kendine daha iyi bakmalısın dedim.
- Ne yani artık dışarı çıkmayacak mıyız? diye cevap verdi.
- Yok, o kadar değil ama yemene içmene dikkat etmelisin artık.

İnci'ye söz geçiremiyordum. O yine arkadaşlarıyla bar gezmelerine devam etmeye kararlıydı. Bir gece de olanlar oldu. Benim bir iş toplantım olduğu için o gece İnci arkadaşlarıyla yalnız başına bir davete gitti. Ben eve yeni dönmüştüm telefonum çaldı. Arkadaşımız Sara arıyordu. İnci'nin arkadaşlarıyla bindikleri araba kaza yapmıştı ve arabada üç kişi ile birlikte hastaneye kaldırılmışlardı. Tabi çılgına dönmüştüm. Apar topar hastaneye koştum. Hayati tehlike taşıyan bir durum yoktu. Ama İnci bu kazada bebeğimizi kaybetmişti. İnci de çok sarsılmıştı, gözyaşları içinde boynuma sarıldı.

– Özür dilerim Emir, bu çocuğu ne kadar istediğini biliyordum. Şimdi ben de çok pişmanım daha düzenli ve sakin bir hayat yaşamam gerekiyordu.

Onu elimden geldiği kadar teselli etmeye çalıştım. Ama bu olaydan sonra aramız hiçbir zaman düzelemedi. Giderek aramızdaki bağlar kopma noktasına geldi. Üç ay sonra İnci kendini toplamaya başladı ve bir gün oturduk, o güne kadar yapmamız gereken açık ve samimi bir konuşma yaptık ve dostça yollarımızı ayırmaya karar verdik.

Bir yıl sonra da Türkiye'ye kesin dönüş yapmaya karar verdim. Çokta iyi oldu. İşlerim gayet iyi gitti. Hayatta yaşanması gereken olaylar var. Belki Amerika'da yaşadığım süreç olmasaydı şimdiki hayatımın değerini bilemeyecektim. İnci'den sonra hayatıma başka kadınlar da girdi. Ama kalıcı ilişkiler olmadı hiç, ta o gün Jülide'nin arabası Emirgan'da kapımın önünde benim arabama çarpana kadar.

Aramızda başlayan dostluk giderek bir çığ gibi büyüdü ve sonunda bütün beynimi, yüreğimi, hayatımı kapladı sanki. Artık ondan başka bir hayatım yok gibiydi.

Gerçi beni bazen korkutur bu yoğun duygular. Çok aşırı bir insana bağlanmaktan korkarım. Sanki her şeyin üstünde olacak beni benden alacak gibi. Nereden ileri geliyor bu duygular bilmiyorum. Sanki düşünme hürriyetim elimden alınacakmış gibi. Çocukluğumdan kalan bir şey mi bilemiyorum. Aslında çok psikolojik olaylara girmeyi hiç sevmem. Okul hayatımda da psikolojiden ikmale kalmıştım zaten. Yaz boyu mecburen çalışıp vermiştim o dersi.

Ama Jülide ile pek öyle olmadı. Çünkü o da benim gibi biraz. Onun için iyi anlaşabiliyoruz. Onunla hem birlikteyiz hem de iki ayrı insanız. Bu bakımdan içim rahat ve güzel ve uzun soluklu bir ilişkimiz olacağına eminim.

Beraber yapmaktan hoşlandığımız şeyler olduğu gibi, ayrı hobilerimiz ve ayrı görüştüğümüz arkadaşlarımız var. Bence bir ilişkide karşılıklı tolerans çok önemli, belki ben de zamanla olgunlaştım, büyüdüm.

Seyahatimiz sona ermek üzereydi. Saatler biraz sohbet, biraz uyuyarak çabuk geçmişti. Serra ile telefonlarımızı değiş tokuş ettik... En kısa zamanda ailelerimizle birlikte görüşmeye karar verdik.

– Sen bu Jülide'yi çok seviyorsun. Yakında bir nikâh davetiyesi alacağım gibi geliyor bana. Ne dersin?
– Evet, iyi tahmin ettin. Bu seyahatimden sonra bana kesin bir tarih vereceğini söyledi. Umarım beni çok özlemiştir de bu bir haftalık ayrılıkta hemen evlenme kararını vermiştir.
– Senin kalbini çalan bu güzel hanımı ben de çok merak ediyorum.

Biliyor musun Emir, eşim Aytaç ile çok iyi anlaşacağından eminim. İkinizin de dünyaya bakışınız aynı.

– Ben de onunla tanışmak isterim.
– Yeni sergim on beş gün sonra açılıyor. Sana mail atarım. Belki hep beraber yemeğe çıkarız.
– Çok iyi olur. Jülide işletmecidir ama Sanat'a çok düşkündür. O da piyano çalar ve sergileri gezmeyi çok sever.

– Eminim zaten bu kadar iyi anlaştığınıza göre, aynı zevkleri paylaşıyorsunuzdur.

Hoparlörden kabin şefinin anonsu duyuldu:

"İniş için alçalmaya başlıyoruz. Lütfen kemerlerinizin bağlı olduğunu, koltuğunuzun dik, masanızın kapalı ve güneşliğinizin açık olduğunu kontrol edin."

Varış Noktası

Emir valizini beklerken, hemen cep telefonunu açtı ve Jülide'yi aradı. Ona uçağının indiğini haber verecekti. Hayret, telefonu cevap vermiyordu. Artık eve valizini bırakıp ofisinden geçip onu alırım diye düşündü.

Neyse ki onun valizi ilk çıkanlardandı. Doğru çıkış kapısına ilerledi. Birden bir el kolundan çektiğini hissetti. Arkasına dönünce gözlerine inanamadı.

– Emir'cim beni bırakıp nereye gidiyorsun?

Karşısında bütün güzelliğiyle Jülide duruyordu.

Onu karşılamaya geleceğini hiç beklemiyordu. İlk şaşkınlığı geçtikten sonra, valizini yere bıraktı sıkıca sarıldı ona.

– Canım, sevgilim ne güzel sürpriz yaptın bana. Seni öyle özledim ki...

– Ben de seni çok özledim.

Onu doyasıya öpmek istiyordu. Ama böyle şeyleri uluorta yaşamak için yaşları biraz geçmişti.

– Gel Emir arabamı parka koydum.

Arabada heyecandan bir müddet konuşamadılar. Birbirlerine baktılar sadece.

– Bak senin için işimi boş verdim. Herşeyi bırakıp, arkadaşlara benim için önemli biri geliyor, onu havaalanından almam gerekiyor dedim. Sen beni Çengelköy'de karşıladın, ben de seni Yeşilköy'de karşılıyorum. Nasıl memnun oldun mu?
– Hem de nasıl. Sen gelmeseydin ben sana gelecektim.
– Yorgunsun herhalde, nasıl geçti seyahatin?
– Biraz yorgundum ama seni görünce rahatladım birden. Nereye götürüyorsun beni?
– Evime gidiyoruz. Kendi ellerimle sana yemek hazırladım. Her zaman yaptığım bir şey değil biliyorsun. Mutfak işinden anlayan sensin aramızda değil mi? Evlenirsek çoğu zaman bu iş sana kalacak? Ne dersin razı mısın bu işe?
– Zevkle talibim bu işe.
– İyi o zaman. Başka mesele kalmadı demek.
– Harika evleniyoruz. Biliyor musun uçakta beraber seyahat ettiğim, çok eski tanıdığım birini de nikâhımıza çağırma sözü verdim.
– Sahi mi, kim o tanıyor muyum?
– Yok, işin garip tarafı ben de tanımıyordum. Aslında annesini tanıyordum. Eve gidelim anlatırım.
– Ya, merak ettim şimdi anlat. Bak istersen yorgun değilim diyorsan, biraz hava almaya gidelim sahile.
– Aklınla bin yaşa Jülide. Devamlı saatlerce kapalı yerde kaldım. Hem seni hem İstanbul'u çok özledim. Sakin bir yere gitsek harika olur. Sana seyahatimi, fuarı, uçakta yanıma oturan hanımı anlatırım. Çok şaşıracaksın anlatacaklarıma.

Şansları vardı o gün İstanbul trafiği daha bir sakindi. Hava da çok güzeldi. Yollar açık olunca Jülide bastı gaza, kendilerini Rumeli kavağında buldular.

– Emir sen buraları çok seversin. Gel şu Güzeller lokantasında bir rakı balık keyfi yapalım, akşama da sana hazırladığım yemeklerin tadına bakarsın. Hava bu kadar güzelken eve kapanmayalım.

– Sevgilim, içimi okudun sanki. Buranın vahşi manzarasını çok seviyorum.

Çoktandır gelmemiştik bu lokantaya, ama garson bizi tanıdı.

– Merhaba nasılsınız çoktandır gelmiyorsunuz? Diye karşıladı onları.

– İşler yoğun. Biraz uzak kalıyor bize burası. Hem bu mevsimde burası inanılmaz güzel. Bize güzel bir masa donatın bakalım herzamanki leziziliğiyle diyerek gönlünü almaya çalıştı Emir.

– Buranın güzelliği, dinginliği bir başkadır. Sanki apayrı

bir dünyadaymışsın gibi.

– Şimdi mezelerimiz geliyor. Sonra bana anlatırsın seyahatini ve uçakta tanıştığın hanımı. Kıskanmam gerekiyor mu?

– Yok, aşkım senin hiçbir kadını kıskanman gerekmiyor. Ben sana aidim.

Seyahatim iyi geçti, her zamanki fuar yorgunluğu. Ama değdi gittiğime. Çok iyi konuşmacılar vardı panellerde. Firmalarla yaptığım görüşmeler de ilerisi için çok yararlı oldu. Dönüş yolunda da yanıma senin yaşlarda bir hanım oturdu. Bir iki tanışma sözcüğünden sonra sohbet etmeye başladık.

– Sana piyano hocamdan bahsetmiştim. Feride Gölgeçen.

– Hani unutamadığın hocan?

– Evet, onun kızıyla yan yana düştük uçakta. Annesini kaybetmiş. Kendisi de ressam, bir sergi için gitmiş. Onu karşılamaya gelen kocası ile de tanıştık, çok tatlı bir aile. Senden o kadar çok bahsettim ki seni de çok tanımayı arzu ediyor.

– Tamam, tanışırız onları da nikâhımıza davet ederiz. Senin annesine bir zamanlar âşık olduğunu biliyor mu?

– Yapma Jülide, gençlik macerasıydı. Serra, kızın adı bu, bilmiyor tabi nereden bilecek, küçük bir kızdı ve yatılı okuyordu o zamanlar, hiç karşılaşmamıştık ki onunla.

– Feride'nin senin hayatında önemli bir rolü oldu, yanılıyor muyum?

– Haklısın. 17 yaşında bir genç erkeğin hayatında böyle

bir deneyim yaşaması önemli tabi. Çünkü benim için hem müzikte, hem yaşamda hem de cinsellik alanında âdeta bir mentor, bugünün tabiri ile bir yaşam koçu oldu. Sanırım bu ilişki bütün hayatıma da tesir etmiştir. Bir insana bağlanmanın güzelliğini ve de sonradan ayrılma zorunda olmanın burukluğunu yaşatmıştır. Belki bu yüzden bir otokontrol olarak sonradan zor bağlandım birine.

– Biliyorum senin hocalarına âşık olma huyun vardı.
– Yapma Jülide! Sana anlatanda kabahat. İlkokul öğretmenim Zeynep Hanım bana bir anne gibi davranırdı. Çok tatlı bir insandı. İnsanın öğretmenini sevmesi, sayması suç mu?
– Ya Üniversitedeki entelektüel dediğin Miss. Reynolds.
– Onun da hayata bakış açısını, ders yorumlarını çok sevdiğimi söylemiştim. O da çok dost, iyi anlaştığım, hoş bir insandı.
– Tatlım, şaka yapıyorum. Ama bundan sonra öğrenci olmayacağın için içim rahat.
– Aşkım bundan sonra hayatımda bir tek sen varsın. Sen benim tek öğretmenimsin.
– Teşekkür ederim canım. Feride öğretmenin niye ayrılmıştı kocasından, anlatmıştın ama şimdi birden anımsayamadım.
– Kocası olacak o densiz, onu hem aldatmıştı hem de vurmuştu birkaç kez. Kadın da ne yapsın, çareyi boşanmakta buldu.
– İyi yapmış tabi. Bugün de boşanma sebeplerinin başında aldatma ve şiddet geliyor. Ama kadınlar da ihanet

ediyorlar kocalarına. Geçen gün Çetin Altan'ın bir kitabı geçti elime, adı "*Yeryüzü Tanrıçaları*". Yazdığı makaleleri toplamış kitabında. Bayılıyorum yazılarına, öyle bir espri anlayışı var ki... inanılmaz, öyle güzel analiz ediyor ki olayları. Makalelerinin birinde tarihteki kadın ihanetlerini ele almış.

George Sand'ın sevgilisi Alfred de Musset'yi, Venedik'te hasta yatağında yatarken doktoru ile aldatması, tiyatro sanatçısı Marie Dorval'in, Alfred de Vigny'i, kendi yazdığı piyesin kahramanını oynayan aktör ile beraber olması, hepsi var o sayfalarda. Gerçi bu ihanetlerin acısı bu aldatılan sanatçıların sanatına yansıyıp muhteşem yapıtlar çıkardılar ortaya. O da bir kazanç oldu belki de...

- İhanet etmek önce yapanı kendi gözünde düşürür. İnsan zayıf bir mahlûktur. Karşı cins tarafından pohpohlanmaktan, gösterilen ilgiden hoşlanır. Ama bir eşte insan istediği şeyleri bulmuşsa bu mutluluğu kaybetmemek uğruna uğraş vermelidir. Bir anlık zayıflık en sağlam bir ilişkinin bile sonunu getirebilir.
– Söyle bakalım Emir, sen benim neyimden etkilendin?
– Sanıyorum ilk gördüğüm gözlerindeki ifade oldu. Sonra doğallığın, sevecenliğin belki biraz kırılganlığın, ne bileyim her şeyini sevdim senin. Peki, bende ne etkiledi seni?
– İlk başta duruşun, kibarlığın, samimi hallerin, fiziksel olarak ta dudakların ve ellerin ilk ilgimi çekenlerdi. Çok kışkırtıcı dudakların var. Büyük ellerin de güven verici. İnsan kendini bu ellere teslim edebilir.

Böyle diyerek Jülide uzandı eliyle Emir'in dudaklarına

sevgiyle dokundu. Emir de elini, avuçlarının arasına alarak tek tek parmaklarını öptü.

– Şimdi içimden seni doyasıya öpmek geldi. Bizden başka kimse yok bu katta zaten. Artık burada da öpüşen çiftleri görmek pek yadırganmıyor. İstanbul'da da, Paris sokaklarındaki gibi sokakta, metroda öpüşen çiftlere rastlamak mümkün. Eski İstanbul değil artık.

– Haklısın aşkım ama biz yine, özelimizi evimize saklayalım.

– Anlat bakalım Jülide, ben yokken neler oldu İstanbul'da. Arkadaşlar nasıl? Yeni olaylar, yeni dedikodular var mı?

– Aslında var. Üzücü bir olay oldu, aslında pek beklenmeyen bir şey. Duyunca sen de şaşıracaksın ve üzüleceksin.

– Ya! Söyle merak ettim şimdi.

– Bizim arkadaşlardan Duygu ile Mert, biliyorsun devamlı kavga ederler, geçinemezler bir türlü.

– Bilmez miyim herkesin içinde de birbirlerini kırarlar, küçük düşürürler. Ne yaptılar yine?

– Geçen Salı günü yine evde birbirlerine girmişler. Galiba aralarındaki konuşmalarda kızlarının adı da geçiyormuş. Biliyorsun Derya ergenlik çağında, nazik ve duygusal bir kız. Anladığım kadarıyla Derya'nın bir probleminden çıkmış kavga bu sefer. Kızcağızda üstüne alınmış ve herhalde bıkmış annesi ve babasının sürekli didişmelerinden çekmiş kapıyı gitmiş. Bunların kavgaları bitince, bakmışlar kızları evde yok. Önce bir komşuya gitti zannetmişler. Sonra sırada babaanneleri, anneanneleri aramışlar, kızın gidebileceği arkadaşlarına sormuşlar. Yok, hiçbir yerde yokmuş. Tabi korku ve panik içinde sonunda karakola gitmişler. Artık tahmin edebilirsin hallerini, daha beter suçluyorlarmış birbirlerini. Sonunda hastaneler aranmış. Ve nihayet kızı Etfal hastanesinde buluyorlar. Kıza araba çarpmış yolda. Allahtan insaflı biri çıkmış, kızı hastaneye getirmiş. Neyse ki hayati tehlikesi yokmuş. Bacağında ve kolunda iki kırıkla atlatmış. Ama bütün ailede moral sıfırdı.

– Çok üzücü bir olay, çocuk için de aile için de büyük bir travma. Bir psikologa danışmaları gerekebilir. Bence iyi anlaşamayan çiftler çocuk yapmamalıdırlar. Olan çocuklara oluyor.
– Evet, zaten öyle yaptılar. Belki bu da anne babaya ders olur. Ama epey zor anlar yaşadılar. Geçen gün ben de uğradım Duygu'ya, bitikti. Bakalım Derya da nasıl atlatacak bu olayı.
– Tatlım merak etme bütün üzüntülerin sonu gelir. "*Elbet sabah olacaktır, geceler geçer, kıyamete dek sürmez*" demiş Tevfik Fikret. Allah insanlara unutma kabiliyeti vermiş.
– Haklısın canım. Senin bu felsefene bayılıyorum.
– Doğru değil mi? Doğa da bile insan neyi engelleyebiliyor ki, baharın gelmesini, ağaçların çiçek açmasını önleyebiliyor mu ? Yok önleyemiyor. Zamanı gelince güneş doğuyor, çiçekler açıyor, yeni bir olay geliyor eskisini unutturuyor. Hayat bir yerde devam ediyor.
– Bir ara beraber uğrayalım onlara hatırlarını soralım.

– Geçenlerde mutluluk hakkında bir yazı okudum. Kimin yazdığını hatırlamıyorum. Beni çok etkiledi.

– Anlat bakalım.

– Tanrılar insanoğluna mutluluğu sunmak istiyorlardı ama insanların onu kolay bulmamaları için gizli bir yer arıyorlardı.

Tanrının birisi, dağların zirvesine saklayalım demiş, diğeri denizlerin dibine diye buyurmuş, üçüncüsü ise güneşe ay'a saklayalım demiş. Fakat sonradan insanların bütün bu yerlere kolayca ulaşabileceklerine karar vermişler.

Ve Mutluluğu insanın içine saklamışlar. Çünkü kimsenin aklına mutluluğu bulmak için en yakınına, kendi içine bakmayı akıl etmiyor.

– Harika bir yazı ve çok doğru, insan kendisiyle barışıksa mutlu olabilir ancak.

Sevgilim biz mutlu olmak için doğru yerlere bakacağımıza eminim.

Yemeklerini yemişler, rakılarını içmişler, güneşin sıcaklığından faydalanarak dışarı terasa çıkıp kahvelerini yudumluyorlardı. Onlardan başka kimse kalmamıştı restoranda. Güzel, aynı zamanda vahşi manzaranın ve sessizliğin tadını beraberce hiç konuşmadan çıkarıyorlardı. Bazen susmak en ateşli diyalogdan daha anlamlıdır.

Bazı anlarda, zaman durmuş gibi gelebilir insana. Bu da öyle anlardan biriydi. El eleydiler. Sessizce anlaşmak öyle bir şey olmalıydı.

– Jülide, şiir ve şarkıyla aram çok yoktur, ama şimdi birden aklıma bir şiir geldi.
– Okusana.

Bu müze var ya bu müze
Seninle gezerken güzel
Kimseler yoksa salonda
Seni öpmek en güzel
Bu rakı var ya bu rakı
Seninle içerken güzel

Kimler olursa olsun varsın
Rakılı ağzından öpmek en güzel
İşte bu dünya var ya bu dünya
Seninle yaşarken güzel
Sen varsın ya sen
Ancak benimleysen güzel

– Tatlım, ne güzel bir şiir, gözlerim yaşardı. Kimin?
– Aziz Nesin'in.
– Benim romantik sevgilim. Biliyor musun bana ilk defa şiir okuyorsun. Senin bu yönünü hiç bilmiyordum.
– Benimle nihayet evlenmeye karar verdin. Şiir okunmaz mı?

Birden Jülide'nin çalan cep telefonunun sesi duyuldu. Birden ikisi de irkildiler.

Sonra Jülide telaşla çantasında telefonunu aramaya başladı.

– Alo. Feriha selam. İyiyim sağ ol. Evet geldi. Şimdi biraz hava almaya geldik. Rumeli Kavağının oralardayız.
– ....
– Davetin için sağ ol. Biz de sizi özledik. Söylerim Emir'e ama bu gece imkânsız gibi. Yeni uçaktan indi bir hayli yorgun gözüküyor. Konuşuruz tekrar belki yarın olur. Tamam, canım söylerim. Hoşça kal öpüyorum.
– Bizi özlemiş yemeğe çağırıyordu bu gece.
– İyi yaptın reddetmekle. Seninle baş başa bir gece geçirmek istiyorum. Yol yorgunluğu da var tabi.
– Senin için hazırladığım yemekler var unuttun mu?
– Unutur muyum? Feriha 'ları severim bilirsin ama bugün

senden başka kimseyi görmek arzusunda değilim. Evlilik kararımızı kutlarız.

– Tamam, canım başka zaman gideriz. Şimdi buradan çıkıp evime gideriz, biraz kestirirsin sonra güzel bir akşam yemeği hazırlarım sana.

Jülide'nin salonu gözü yormayan açık renklerin, bej tonlardaki koltuklarla ve oldukça yalın mobilyalarla modern döşenmişti. Tek tük renkli birkaç aksesuar odaya bambaşka neşeli bir hava katıyordu. Yemckten sonra şöminenin karşısındaki kanepedc oturmuşlardı. Emir'in başı Jülide'nin kucağındaydı.

– Jülide iyi ki eve gelince biraz uyumuşum. Ne çok yemek hazırlamışsın böyle.

Hepsi de harikaydı. Bu gidişle şişmanlayacağım. Yerimden kalkacak hal bırakmadın.

– Beğendiğine sevindim. Kalkamıyorsan burada kalırsın bu gece. Yarın sabah buradan gidersin işe.

– Zaten kovsan bile gidecek halim yok. Hem böyle çok iyiyim burada.

Böyle diyerek Jülide'yi kendine çekerek dudaklarından öptü. Sonra doğrularak kanapede onun yanına oturdu.

– Nerede sakladın bu kadar güzel yemek yapma yeteneğini?

– Aslında annem harika bir aşçıydı. Kendisi farklı

renklerde, farklı kokularda baharatlar kullanırdı. Ben de onu izlemeye bayılırdım. Ama sonradan, yemek yapmak için harcanacak zamanım olmadı pek. İş, güç, koşuşturma derken ev yemekleri yapmayı unuttum diyebilirim. Ama bugün, değer verdiğin bir insan için yemek yapmanın ne kadar mutluluk verici bir şey olduğunu tekrar bana hatırlattın. Çünkü pişirdiğin bir şeyi yerken, karşındakinin zevk aldığını görmek sana da büyük bir zevk veriyor. Sevdiğin için masa hazırlamak büyük bir mutluluk. E ne demişler, erkeğin kalbine giden yol midesinden geçer.

– Aşkım çok teşekkür ederim. Hakikaten senin elinle pişirdiğin yemekleri yemek bana büyük bir zevk verdi.

– Jülide biliyor musun ne düşünüyorum? İkimizin de başından bir evlilik geçti. Nikâh törenlerimiz ikimizinki de bir acele oldu. Yanılıyor muyum? Sen bana öyle anlatmıştın. Gel bu sefer bu işi layıkıyla yapalım. Eşe dosta haber verelim, ne bileyim ben, gelinlik, damatlık bu şeylere önem verelim. Kısacası güzel bir düğün yapalım. Ne dersin aşkım var mısın böyle bir organizasyona? Biliyorum sen fazla sevmezsin tantanayı.

– Bunu şimdiye kadar düşünmemiştim. Ama sen de istiyorsan niye yapmayalım ki. Belki bize şans getirir. Gerçi maalesef senin de annen baban yoklar artık. Ama akrabalarımız, kuzenlerimiz ve arkadaşlarımız var. Emir düşündükçe bu düğün olayına bayağı sıcak bakmaya başladım. Ama düşünecek bir sürü ayrıntı var bu işte.

– Bak tatlım sen hiç kafanı yorma, bu işi büyük bir zevkle

üstlenecek birini biliyorum ben. Kimi düşündüğümü biliyorsun değil mi?

- Feriha'yı kastediyorsun değil mi?
- Evet, bayılacak bu işe. Ve Allah bilir becerikli bir kızdır. Seni de çok seviyor. Beni de sevdiğini biliyorum. İşi gücü de yok bol bol zamanı var. Bize yardımcı olmak ve böyle bir işe imza atmak onu çok mutlu edecektir.
- Haklısın Emir. Tamam, bizde bu sosyeteye uyalım bir seferlik, büyük bir davet verelim.

Bir hafta sonra, Feriha'ların evinde akşam yemeğindeydiler. Emir, Feriha'nın kocası Emre ile çok iyi anlaşıyorlardı. Aynı kafadaydılar. İkisi de deniz tutkunuydular. Neredeyse bütün deniz sporlarını denemişlerdi. Tabi ilk gençlikte olduğu gibi hepsini yapamıyorlardı. Ama Emir de Emre de, her yaz yelken ve sörfü ihmal etmiyorlardı.

Evvelki yaz Çeşme ve Alaçatı' da, iki çift çok hoş vakit geçirmişlerdi. Sonra da Emir'in teknesiyle Bodrum'a kadar uzanmışlardı. Oradan da kısa bir mavi yolculuk yapmışlardı.

Yemeklerini bitirmişler, kahvelerini yudumluyorlardı salonun rahat koltuklarında.

Emir Jülide'nin elini tutarak:

– Tatlım, Feriha ve Emre'ye anlatsana planlarımızı.

– Yeni projeler mi var. Yeni bir iş mi aldın Emir? Diye merakla sordu Emre.

– Yok, iş filan değil. Başka bir haberimiz var size. Evleniyoruz.

– Ne güzel bir haber bu! Bu haberi bekleye bekleye bir hal olduk. Çok sevindim çocuklar. Ne zaman karar verdiniz? Ne zaman evleniyorsunuz?

– Dur Feriha'cım hangi soruna cevap verelim önce. Yeni aldık bu kararı. Ve en mühimi düğün yapmaya karar verdik. Şimdiye kadar hep sade nikâh yapmıştık ikimizde. Şimdi birçok davetli çağıracağımız bir düğün daveti yapmaya karar verdik.

– Ay harika olur. Önümüz yaz olduğuna göre bir yaz düğünü olacak. Bir kır düğünü de olabilir.

– Feriha, Emir ile düşündük bu organizasyonu senden iyi kimse yapamaz. Ne dersin bizim için kolları sıvayıp bize yardımcı olur musun?

– Memnuniyetle, bu bana çok büyük bir zevk verir. Hemen yarından tezi yok, başlarız hazırlıklara. Dur vallahi heyecanlandım şimdiden. Sen köşkleri, eski yalıları çok seversin. Bu yönde düşünebiliriz mekânı. Çünkü önce mekânı belirlemek gerekir. Biliyorsun geçen sene Hekimbaşı yalısında Feyza'nın düğünü olmuştu. Orası olabilir. Yeniköy'deki Sait Halim Paşa Yalısı olabilir. Kuruçeşme'deki Esma Sultan yalısı da var.

– Evet, bu saydıkların, hepsi çok güzeldir bu tip organizasyonlar için. Feyza'nın düğünü harika olmuştu. O yalıyı çok seviyorum. Ne dersin Emir sen de sevdin orayı. Hani o geçen gün konser izlemeye gittiğin yalı.

– Emir o yalıyı biliyor musun sen? Feyza'nın düğününde sen yoktun çünkü.

– Doğru, Emir ile yeni tanışmıştık o günlerde. Ama Emir orayı gördü. Geçen akşam Hekimbaşı Salih Efendi'nin doğum günü konserine gitti.

– Emir, ne diyor bu kız? Ne konseri, hangi doğum gününden bahsediyor?

– Jülide, olayı Feriha'ya doğru dürüst izah etsene. O yalıda arada bir Türk Müziği konserleri düzenleniyor. 20 Mayıs ta Hekimbaşı Salih Efendi'nin 196. doğum günüymüş. Onun anısına Yalı organizasyonu, onunla aynı devirde yaşamış olan Bestekârların eserlerinin yer aldığı bir konser düzenledi. Jülide de gelecekti benimle ama ofis'te bir toplantıya katılması gerektiği için gelemedi.Ben de bir arkadaşımla gittim. Muhteşem bir geceydi, hava biraz serindi ama bir kadeh şarap içince içimiz ısındı. Zekai Dede, Tanburi Ali Efendi ve diğer anımsamadığım bestekârların eserlerinden oluşan konser çok nostaljikti. Boğazın ve hemen yalının üstündeki köprünün ışıkları ortama bir gizem katıyordu. İnsan gözünü kapatınca, bir asır evvelki fasıl gecelerinin sazendelerini kolayca hayal edebiliyordu. Ayrıca çok güzel bir sunum yapıldı. Barkovizyon'da Hekimbaşı Salih Efendi'nin ailesi tanıtıldı. Zaten bugün, varislerinin ellerinde kalan tarihi yalıların üçünden biriymiş. Torunu olan Hanımefendi ile tanıştırıldım. Bu konserleri Sivil Toplum Kuruluşları yararına yapıyorlarmış.

– Evet duymuştum. Düğün dernek toplantılarını da yalıyı ayakta tutabilmek için organize ediyorlarmış. Kolay değil masrafların altından kalkmak.

– Hekimbaşı Salih Efendi Tıbbiye Mektebinin ilk mezunlarındanmış. Döneminde tıp alanında önemli gelişmelere imza atan Hekimbaşı'nın Botanik'e de ilgisi varmış. Yalısının bahçesine, kendisine ait bağ ve arazilerinde her çeşit çiçekler, bitkiler ve nadide meyveleri yetiştirdi. Aşıladığı bir gül "Hekimbaşı Gül'ü" diye meşhur olmuştur.

– Çok etkilendi Emir o geceden. Bence biz de orayı seçelim düğün mekânı olarak. Ne dersin sevgilim?
– Evet, orasını çok sevdim ama tatlım sen nereyi seçersen benim için en iyisidir. Siz Feriha ile kafa kafaya verin eminim en güzel kararları verirsiniz.

Nikâh tarihi alınmıştı. İkisinin de uğurlu sayıları 7 olduğu için 7 Temmuz tarihini seçmişlerdi. Önlerinde hazırlanmak için zaman bırakmışlardı. Hiçbir şeyi aceleye getirmek istemiyorlardı. Feriha o gece konuştukları gibi bu önemli vazifeyi üstüne almıştı ve titizlikle her detayın üstünde duruyordu. Gelinlik, masa düzeni, müzik, davetiye her konu için de tabi Jülide'nin onayını almak istiyordu.

Bu yüzden haftanın bir iki günü iki kuzen buluşuyorlardı. Bazen erkekler de katılıyordu. Tabi arada da müthiş bir telefon trafiği oluyordu.

Emir söz verdiği gibi Serra ile telefonda görüştüler ve sergisinin açılışına gideceklerine söz verdi. Açılış günü bir Cumartesi idi. Trafik yoğundu ama arabayı almadıkları için Jülide galeriye vardıklarında oldukça kalabalıktı. Açılış günleri zaten eserler görülmezdi. Ya evvelden gelmek gerekir veya sonraki günlerde. Bu açılışlar eşi dostu görmek içindir. Emir Jülide ile Serra'yı tanıştırdı. İki kadın hemen kaynaştılar, bir sürü ortak arkadaşlarının olduğunu fark ettiler. Çok hoş bir ortam vardı. Yerleştirme ve ışıklandırma müthişti. Bir köşede iki flüt sanatçısı yaptıkları müzikle ortama güzel bir duygu katıyorlardı. Nağmeler âdeta havada uçuşuyorlardı.

– Jülide, hep beraber yemeğe gideceğiz. Bize katılırsanız çok memnun oluruz. Seninle yeni tanıştık ama seni uzun zamandır tanıyorum gibi bir his var içimde.

– Serra ben de öyle hissediyorum. Tabi, geliriz memnuniyetle.

Bir ara galeriden çıkmadan evvel, Serra Emir'in kolundan tutarak onu yan odadaki ofise götürdü.

– Emir'cim çok beğendim Jülide'yi. Birbirinize çok yakışıyorsunuz. Allah tamamına erdirsin.

– Sağ ol Serra.

– Bak Emir sana ne getirdim. Geçen gün annemin dolaplarını boşaltıyordum, bak ne buldum, senin adının yazılı notalarla dolu bir dosya.

Sana getirdim onu. İçinde herhalde çalıştığınız parçaların notaları var. Bak üstünde de senin ismin yazılı, onun el yazısı ile. Emir Taylan. Senin hoşuna gideceğini düşündüğümden sana vermek için sakladım.

– Serra ne iyi yapmışsın. Çok çok teşekkür ederim. Tabi ki çok hoşuma gitti, annenden bir hatıra benim için.

Serra dosyayı Emir'in eline tutuşturdu, sonra dışarıdan çağırdıkları için onu ofiste yalnız bırakıp çıktı.

Emir elinde dosya ile kaldı. Bu dosya onu allak bulak etmişti, sanki yılların ötesinden yüzüne çarpan gençliğin sıcak nefesi, sarsıcı rüzgârıydı. On sekiz yaşındaki Emir'i görür gibi oldu; biraz çekingen, bir o kadar cesur ve tutkulu genç Emir'i.

O gece sakin bir yere gittiler. Sohbet çok güzeldi. Tekrar buluşmak sözüyle ayrıldılar.

Düğün günü gelip çatmıştı. Jülide o günün nasıl geçtiğini hatırlamıyordu bile. Sabahtan beri devam eden hazırlıklar onu heyecanlandırmıştı. Bir evvelki nikâhı çok sade olmuştu ve sadece annesi babası ve iki arkadaşı katılmıştı. Tabi o Katmandu'daki çılgın düğün sayılmazsa. O da zaten sıra dışı bir şeydi. Feriha yine ipleri eline almıştı. Kuaför, makyaj, gelinlik, damatlık, fotoğrafçı, müzik, videocuyu her şeyi o ayarlamıştı.

– Feriha sen olmasaydın böyle bir işe girişmezdim. Bana annelik ettin hakikaten.
– Tatlım, senin annenin benim üzerimde emeği çoktur. Ben de senin kadar mutluyum. İnşallah ailemizde hep düğün ve mutlu olaylarla uğraşalım. Bundan büyük mutluluk mu olur? Sizin balayınızı da organize edecektik. Ama tutturdunuz ilk geceyi evimizde geçireceğiz diye.
– Evet, tatlım, Emir de ben de ilk evlilik gecemizi otel odalarında değil de kendi evimizde geçirmek istedik. Eline sağlık, çok uğraştın bizimle. Balayı seyahatine

de daha ileriki aylarda çıkabileceğiz zaten. İkimizin de işleri yoğun bu ara. Emir ayarlayacak o seyahati.

Jülide çok güzel bir gelin olmuştu. İkisinin de mutluluğu gözlerinden okunuyordu.

Nikâh memuru onları karı koca ilan ettikten sonra, arkadaşları "Jülide ayağına bas" diye tempo tuttular, o da Emir'in ayağına basmayı ihmal etmedi.

Jülide'nin fırlattığı buketi de ofiste birlikte çalıştığı Sibel yakalamıştı.

Müzik harikaydı, Boğaz'ın ışıldayan ışıkları, gökte parlayan yıldızlarla âdeta yarışıyorlardı.

Jülide sevdiğinin kollarında dönüyordu, dönüyordu...

Evli olarak uyandıkları ilk sabahlarıydı. Daha doğrusu henüz uyumamışlardı. Evlerinin Boğaz içinin mavi sularına bakan balkonlarında, güneşin doğuşunu izliyorlardı. Öyle heyecan verici bir manzaraydı ki! Her taraf sessizdi. Sanki dünyada onlardan başka kimse yokmuş gibi. Emir Jülide'ye arkadan sarılmış, kollarının arasına hapsetmişti onu. Birden onun titrediğini hissetti.

– Üşüyor musun sevgilim?

– Yok, ürperdim sadece. Ne muhteşem manzara değil mi? Büyüyü bozmaktan korkuyorum.

– Canım benim, Emir böyle diyerek sevdiğinin kulağına eğildi ve fısıldadı:

Ben senin en çok sesini sevdim
Buğulu çoğun zaman. Taze bir ekmek gibi
Önce aşka çağıran sonra dinlendiren
Bana her zaman dost her zaman sevgili

Sonra omuzlarından tutarak onu kendine çevirdi ellerini avuçlarının arasına alarak:

Ben senin en çok ellerini sevdim
Bir pınar serinliğinde, küçücük ve ak pak
Nice güzellikler gördüm yeryüzünde
En güzeli bir sabah ellerinde uyanmak

Gözlerinin içine bakarak:

Ben senin en çok gözlerini sevdim
Kâh çocukça mavi, kâh inadına yeşil
Aydınlıklar, esenlikler, mutluluklar
Hiç biri gözlerin kadar anlamlı değil

Ben senin en çok gülüşünü sevdim
Sevindiren, içimde umut çiçekleri açtıran
Unutturur bana birden acıları, güçlükleri
Dünyam aydınlanır sen güldüğün zaman

Jülide gülerek:
– Ben de biliyorum Ümit Yaşar'ın bu şiirini.
Böyle diyerek o devam etti şiire:

Ben senin en çok davranışlarını sevdim
Güçsüze merhametini, zalime direnişini
Haksızlıklar, zorbalıklar karşısında
Vahşi ve mağrur bir dişi kaplan kesilişini

Ben senin en çok sevgi dolu yüreğini sevdim
Tüm çocuklara kanat geren anneliğini
Nice sevgilerin bir pula satıldığı bir dünyada
Sensin, her şeyin üstünde tutan sevdiğini
Ben senin en çok bana yansımanı sevdim
Bende yeniden var olmanı, benimle bütünleşmeni
Mertliğini, yalansızlığını, dupduruluğunu sevdim
Ben seni sevdim, ben seni sevdim, ben seni....

Jülide ile Emir müşterek hayatlarına, bir sabah güneş doğarken, Emirgan'da bir şiirle başladılar...

Arnavutköy Vapur İskelesi

Bebek Camii

İsmail Ağa Kahvesi

66 Boğaziçi Vapuru

Küçüksu Kasrı

Göksu Deresi, Fausto Zonaro

Küçüksu Çayırı, Amadeo Preziosi

ASIRLIK KANLICA YOĞURDU
İSMAİL AĞA
ASIRLIK KANLICA YOĞURDU

Kanlıca

Çengelköy

Emirgan Çınaraltı